しっぽタヌキ
イラスト✣まろ
2
「お前が
ね」
と言われた
冷酷な辺境伯のもとへ嫁ぎ、
幸せを手に入れる
JN010168

ラグリー・フィリ三世
=アレノックス
シェリル達の住む国を
治める国王陛下。

ハイルド
粗暴で冷酷と恐れられる
ナイン辺境伯領の領主。
シェリルの夫。
シェリル
『宝石姫』と呼ばれる
妹の代わりに
辺境伯領に嫁いできた令嬢。

「……君の名前は？」
「私の名前はシェリル・ナイン。ナイン辺境伯の妻です」

大好きな人を支えることができる。
それが本当に誇らしいのだ。

CONTENTS

「お前が代わりに死ね」と言われた私。妹の身代わりに冷酷な辺境伯のもとへ嫁ぎ、幸せを手に入れる

2

しっぽタヌキ

イラスト　まろ

プロローグ ✣ 大切な日々

妹ばかり愛され、家に居場所のなかった私、シェリル・エバーランド。

ある日、王命により、妹は冷酷と噂される辺境伯のもとへ嫁ぐことになってしまった。

しかし、辺境の地は魔物が出る恐ろしい場所であり、辺境伯は人を人とも思わぬ、魔物のような人物だという噂があった。

父母と妹はそんなところへ嫁ぐことはできないと、辺境伯への輿入れを拒んだ。

だが、王命に逆らうことはエバーランド伯爵家の力では難しい。そのため、姉である私が妹の身代わりとして辺境へと行くことになった。

父の計画では、私は妹の身代わりとして嫁ぎ、魔物に襲われて死ぬ。そして、妹は私の名を使い、そのままエバーランド伯爵家で生きていく予定だった。

そうすれば、王命に逆らうことにもならず、妹が苦しい思いをすることもない。私が死にさえすれば、それですべてがうまくいくのだ、と。

――「お前が代わりに死ね」。

父にそう言われ、私は一人、魔物の森へと向かった。……家族に愛されたかった。その思いを胸に。

　しかし、そこで死ぬはずだった私を辺境伯であるハイルド様は助けてくれた。さらにハイルド様は私の命を救っただけでなく、愛を教えてくれた。

　妹の身代わりとして嫁いだ私は、自分を偽ったままハイルド様とともに過ごすことになったのだが、そんな私にハイルド様とほかの騎士のみんなもとても優しく接してくれて……。

　私は真実を告げる前に、みんなになにかを返したかった。

　けれど、私が持っているものはあまりにすくない。そんな私でも辺境伯領のためになるものが魔塵《まじん》を使ったマッチであった。

　魔物が退治された後に残る魔塵。魔塵のマッチは従来のマッチとは違う、安全なマッチだ。

　ハイルド様やみんなと考え、行動し、それを形にしていく。私はその権利や配当は当然のようにハイルド様のものだと考えていたが、ハイルド様は私に権利があるのだ、とその権利を私の名前で申請してくれたのだ。

　家族に都合よく使われていただけのときとは違う。たしかに自身の手になにかが残っていく感覚。それを私の力なのだと伝え続けてくれるハイルド様。

　……そんなハイルド様を好きにならないわけがない。

　けれど、私は妹の身代わりだ。

　魔塵のマッチが完成した暁には、すべてを伝え、出て行かなければならない。

　みんなと過ごす穏やかな暮らしは泣きそうなほど愛しい日々だったが、私は一人で生きていこうと決めたのだ。

ハイルド様が「愛は消えない」と教えてくれた。愛は増えていくのだ、と。

だから、私を辺境伯領で過ごした日々を胸に一人で生きていくつもりだった。

もう家族の愛にも溺れない。たしかにある、胸に咲いた花を大切にして生きていこう、と。

けれど、ハイルド様は私の真実の告白を聞いても、揺るがずに受け止めてくれた。そして、愛を乞い続けてくれた。

……それが私にとって、どれだけ幸運で、幸福なことだったか。

そうして、私はハイルド様と正式に夫婦になった。

幸せは続いていく……そう思っていたが、エバーランド伯爵家の家族はそれを許さなかった。

私が妹の名を偽って辺境伯に嫁いだと、国王陛下へ訴えたのだ。

父は従来のマッチを普及させるために動いており、魔塵のマッチが邪魔だった。権利を持つ私を伯爵家に戻し、そのまま廃れさせようとしたのだ。

家族への愛を手放し、新しい道を歩もうとする私でさえ、家族から見れば邪魔なことだった。

家族との訣別を決断した私の意志を確認したあと、ハイルド様は国王陛下の前でやりとりを行い、私が妹の身代わりに嫁いだことについて、父が主導したものであり、私は殺されそうになった被害者であると証明してくれた。

結果、エバーランド伯爵家の訴えは退けられ、さらに国王陛下はこれまでの一連の動きはエバーランド伯爵主導での叛逆《はんぎゃく》に当たるとし、厳しい処罰を下した。

　そうして、私はハイルド様やみんなのおかげで、シェリル・ナインとして生きていくことを許され、ふたたび辺境伯領で過ごす日々に戻った。

　魔塵のマッチの権利は私が持ち、現在はそれを一般に普及する前の準備段階だ。魔塵の採取やマッチの軸の生産、作った魔塵のマッチの配送なども検討中となっている。

　魔塵のマッチについては国王陛下も目を掛けてくださっているため、その報告のためにハイルド様は何度も書簡のやりとりを行っているようだ。

　そして、生家の伯爵家については、国から直属の管理官が派遣されており、今は問題なく伯爵領の運営は行われている。

　いずれは伯爵家の親類のだれかが領を継ぐことになるのだろうが、今はまだ後継者は決まっていない。

　領主であった父よりも私のほうが伯爵領のことに詳しかったため、私は何度か国王陛下に呼び出されているのが現状だ。

　それ以外の日常生活はハイルド様とともに暮らし、騎士のみんなからの助言を受けながら過ごしている。正直、私にはもったいないぐらいの幸せな日々だと思う。

　父に「お前が代わりに死ね」と言われ、身代わりに輿入れした私。魔物の森でハイルド様に助けられ、今では毎日がふんわりと温かいのだ。

　さらに、新しい出来事も起きて――

「今日もふわふわですね……」

「キャウ！」

私室のソファに座る私の膝の上で丸くなっている白色のふわふわの毛玉。そっと撫でれば、その白色のふわふわがうれしそうに声を上げた。

そして、毛玉だったものは気持ちよさそうにうーんと伸びる。そうすれば、形がわかりやすくなった。

耳は三角でぴこぴこと動き、赤色の目はアーモンド形。全身を白い毛皮で覆われている。一見すると猫のようだが、猫にしては四肢が太く、しっぽも長くて太かった。

この子は『闇豹《やみひょう》』という種類の魔物だ。

本来なら全身が黒く、体長ももうすこし大きい。しかし、この子は白色でところどころに黒色の斑点模様があり、大きさも猫ほどしかなかった。たぶん、こどもなのだろうと思っている。

この子は通常の大きさの闇豹たちに囲まれ、攻撃を受けていた。

書物を読み、ハイルド様に聞いてはいるが、魔物についてわかっていることは、そう多くはない。魔物の生態についてはなにもわかっていないと言っても過言ではない。

闇豹同士のいざこざを見つけたのは、ほんの偶然だった。

ハイルド様と騎士たちで行う、魔物の森の巡回。そこで、この子を囲む闇豹を見つけたのだ。

最初は闇豹同士のやりとりを見ていたのだが、この子が受けていた攻撃があまりにも一方的だったため、胸が痛んだ。だが、魔物のやりとりに簡単に介入することはできない。

だが、闇豹たちが攻撃対象をこちらへと変えたことで、ハイルド様が動いた。

そもそもこの闇豹たちは地下迷宮から出てきた魔物であり、魔物から領民たちを守る任務も背負っているハイルド様たちからすれば、討伐対象だったのだ。

そして、それはこの子も同じ。しかし——

「あのときは、助けてくれてありがとうございました」

「キャウ」

耳と耳のあいだ。模様の入った額を撫でれば、アーモンド形の目がうれしそうに細まった。

——この子は魔物なのに、私を助けてくれ、こうして懐いてくれたのだ。

「……シェリル、まだそいつについてはわからないことも多い。危ないと思えばすぐに言ってくれ」

「はい」

ふわふわの毛皮を撫で、顔を緩ませていた私は、ハイルド様の言葉できゅっと口許を正した。

そう。あまりにもかわいくて、ふわふわで気持ちいいため、こうして触れ合ってしまうが、まだわからないことだらけなのだ。

「その闇豹がほかの闇豹から攻撃を受けていたこと、群れからはみ出したことは間違いない。シェリルのために力を使ったのも間違いないだろう。だが、魔物だ。シェリルが喜んでいる姿を見るのはうれしい。だが、それが悲しみに変わってほしくない」

「……はい」

ハイルド様の言葉にしっかりと頷く。

地下迷宮から出た魔物は、しばしば近くの村に災いをもたらす。この子も本来なら討伐すべきなのだ。

いろいろな巡り合わせとハイルド様の配慮もあり、今はこうして一緒に過ごしているが、まだお互いにどうすればいいか決まっているわけではない。

こうして触れ合うことで、もしかしたら悪い方向へ行くこともあるかもしれないのだ。

ハイルド様はその責任を考えた上で行動している。私もしっかりしなくては。

「……降ろしますね」

そっと声をかけ、膝の上から降ろす。

闇豹は「えー」という顔をしながら、床に降りたあと、とっとっとっとハイルド様のもとへと小走りで近づく。

ソファからすこし離れた場所に立っていたハイルド様の足元へ来ると、闇豹はハイルド様の靴をバシッと前脚で叩いた。

「あ……」

「……これは」

ハイルド様と視線を交わし、もう一度、闇豹へと視線を戻す。

闇豹はそのまま床にごろんと寝転がると、ハイルド様の靴を抱え込み、つま先のあたりをガジガジと噛んだ。

「……やめろ。穴が空く」

「キャーウ！」

　ハイルド様は足を引くが、闇豹はぶら下がったまま、それにくっついている。絶対に離さない！　というように、前脚でつま先を抱え込むと、今度はうしろ脚でゲシゲシゲシっとハイルド様のかかとを蹴っている。

「……痛くはないが、靴に傷がつく」

「キャウキャウ！」

「……やめろ」

「キャーウ！」

　闇豹はハイルド様の言葉に「ふんっ！」と鼻息交じりに返し、もう一度うしろ脚でゲシゲシゲシと蹴った。

　私から見ると、じゃれて遊んでいるように見える。が、ハイルド様は闇豹がなにを思っているのかわかったようで、「はぁ」とため息をつき、私を見た。

「文句を言っているな」

「文句、ですか？」

「ああ。シェリルが撫でていたのを俺が止めたのがわかったのだろう。魔物の知能については解明が進んでいないが、こいつは人間のやりとりを感じることができるのだろうな」

　ハイルド様は靴をガジガジされながら、ふむと考えている。

たしかに、この子はなんとなくだが、こちらの言葉がわかっているかのように動いていると感じる。人間の言葉がわかっているのかは定かではないが、人間のやりとりの機微はわかるのかもしれない。

それならば……。

「ハイルド様はあなたのことも考えてくれています。……また撫でさせてください」

闇豹にそっと話しかける。

すると、闇豹はガジガジもゲシゲシもやめ、私とハイルド様を交互に見た。

そして、ようやくハイルド様の靴から手を離すと、そのまま床でくねくねと体を揺らした。

「キャウー」

「……現金なやつだな」

ハイルド様はその姿に「はぁ」とため息をつくと、私の元へとやってくる。

そして、ソファの私の隣へと座った。二人で並んで闇豹を眺めれば、どうやら絨毯に背中をこすりつけるのが気持ちよかったらしく、そのままごろごろと床で遊んでいる。

その姿にふふっと笑えば、ハイルド様がそっと私の前髪を直した。

「挨拶が遅くなった。おはよう、シェリル」

「はい、おはようございます。ハイルド様」

鋭い金色の眼が私を見つめて、柔らかく細まる。私はこの瞬間がとても好きだ。

「朝起きたら、ベッドにシェリルがいないからすこし驚いた」

「いつもより早く目が覚めました。すごくすっきりしていて、よく眠れたみたいです」

「……そうか」

私の言葉にハイルド様の眉間に皺が寄る。そして、すこし唸るように声を出した。

「俺は……隣でシェリルが眠っていると思うと、うまく眠れなかった」

「そう……ですか」

ハイルド様の言葉に、胸がきゅっと痛んだ。その途端、実は自分がこれまで浮かれていたことがようやくわかった。

そう……。私はすこし浮かれていたのだ。

「……一緒に眠るなんて……迷惑でした……」

思ったよりも小さな声になってしまった。

感情も抑えたつもりだったが、途切れ途切れになった言葉には乗せるつもりのなかった悲しみのような色が混じっている。

そんな私の変化はハイルド様にもわかってしまったようで、隣ではっと息を呑んだ。

「違う、シェリル、俺は──」

ハイルド様が言葉を紡ぐ。だが、最後まで言い終わる前に、それをかき消すような軽快なノックの音が響いた。そして、返事も待たずに扉が開いて──

「リル様！　お二人が昨夜は一緒の部屋で就寝されたと聞きました！　おめで──」

現れたのは騎士のマチルダだ。辺境伯付きの騎士をしているかっこいい女性。

ここに嫁いでからは私の侍女のようなこともさせてしまっているのに、嫌な顔一つせず、優しく接してくれた温かい人だ。

いつものマチルダならばこんな風にノックの返事を待たずに入ってくることなどほとんどない。

……ときどき、興奮しているときや、うれしいとき、怒ったときなど感情があふれていると、ついついやってしまうのだ、と本人から聞いている。

そして、今日はとても喜んでいたようで、その表情は笑顔だ。榛《はしばみ》色の髪が揺れ、同色の瞳がきらきらと輝いている。

どうやら、私に祝いを述べにきたらしい。

「あ、閣下もこちらにいたのですね。……ん？　おめで……とう？　ございま……す？」

そんなマチルダだったが、ソファに座る私とハイルド様の様子を見て、盛大に表情を変えた。頭に疑問符がたくさん浮かんでいるようだ。

私はそんなマチルダを見て、頬が熱くなるのを感じた。

……恥ずかしい。

「違うの、マチルダ。あの……その……」

恥ずかしさから、言葉がうまく出てこず、まごまごとしてしまう。

実はマチルダにはこっそりと私の気持ちを伝えてあったのだ。

――私とハイルド様の部屋。それを繋ぐ扉をどうしたらいいかと悩んでいる話を。

マチルダからは私とハイルド様は夫婦なのだから、私の気持ちが整えばいつでも鍵を開けていいこと。ハイルド様はそれを辛抱強く待ってくれるということ。そして、心がついてこないのであれば、開けなくていいのだ、と教えてくれた。

とても温かく優しい助言で、夫婦のことをよくわかっていない私にはとてもためになったのだ。

だが、悩みながらも、その扉の鍵を開けることはできず、ここまで日が経ってしまった。

そして、昨夜、ハイルド様の部屋にいた闇豹がその夫婦の寝室を分ける扉をガリガリと引っ掻き、さらには私とハイルド様が一緒のベッドに入らないと、鳴き続けるという行動をとったため、扉の鍵は開けられ、ハイルド様とともに眠ることになったのだが……。

「ハイルド様は迷惑だったみたいです……」

「「「はぁ!?」」」

俯いて小さく伝えれば、それに返ってくる声が増えた。

「え」と顔を上げれば、筆頭騎士であるジャックと、従騎士のコニーがいた。どうやらマチルダが扉を開けたときに廊下へ立っていたらしい。

「リル様、おはようございます。いい朝ですね」

「は、い。おはようございます」

茶色の髪に茶色の目。礼儀正しいジャックは私ににこりと笑うと、そのままハイルド様へと向き、近づいていく。

「リル様、おはようございます！　僕も今日は早起きしたんだよー！」

「コニーも、おはようございます」

　夕日色の髪と同色の目。寝ぐせがぴょこんと立ったコニーは明るく元気に私に挨拶をしてくれる。そして、そのままハイルド様のもとへと歩み寄った。

「閣下どういうことですか？」

「閣下、どうしてそんなこと言っちゃったんですか？」

　マチルダが眉を顰め、コニーがあちゃーと表情を変えてハイルド様を囲む。

「閣下、リル様がこのような表情をしていることの説明を」

　そして、最後にジャックが非難交じりの声でハイルド様を詰める。

　ハイルド様はそんな三人をソファに座ったまま見上げると、「誤解だ」と首を横に振った。

　そして、私へと向き直る。

「シェリル。俺の言葉はシェリルにはそう聞こえたんだな」

「……あ……ハイルド様が悪いのではなく、私が勝手に……その、浮かれていました」

　ハイルド様を責めるような形になってしまったが、そうではない。

　就寝形態に突然の変化が起こり、眠れなくなったハイルド様がそれを心苦しく思ったとして、それはハイルド様の責ではない。

　私は浮かれている自分にも気づいていなかったが、気持ちに落差ができてしまったために、みんなを心配させているのだろう。

「……私は……寝室の扉を開けることができてうれしかったのです。だから、今、ハイルド様に迷惑をかけたのだと気づき、その落差でみなさんが心配するような表情になってしまいました」

自分がどうしてこのような表情をしているのか。自分の気持ちを確認しながら、言葉で説明していく。こうして言葉にしてみれば、単に私が一人で浮かれ、一人で落ち込んだのだとわかりやすく伝わるだろう。ハイルド様やみんなを心配させたいわけではないのだ。

言葉にすることで自分の気持ちもわかり、表情を取り繕うこともできたと思う。ので、しっかり顔を上げて微笑めば、そのまま温かいものにぎゅうと抱きしめられて――

「シェリル、すまない。俺の言葉はそういう意味ではない」

「あ……ハイルド様？」

この温かく大きな体はハイルド様だ。

隣に座っていたハイルド様が私を包んでくれている。

「シェリルとともにいることができて、俺もうれしかった。同じ気持ちだ」

「……はい」

きゅっと痛んでいた胸が、ふわふわと解けていく。

……ハイルド様はすごい。こうやっていつも私を幸せにしてくれる。

「俺があまり眠れなかったと言ったのは、シェリルがかわいすぎたからだ」

「えっ……!?」

ハイルド様の言葉に、今度は胸がドキッと鳴った。ハイルド様と暮らし始めてから、私の胸はいろんな音が鳴るようになった。楽しかったり、うれしかったり。今のこれは……恥ずかしさだろうか、でも、それともすこし違う気がする。

胸がむずむずとして、居ても立ってもいられないような……、口許が勝手にもにゅもにゅと動いてしまった。

「俺は好きな人と一緒にいると、緊張することもあるようだ。だが、それはいやな気持ちではない。シェリルがかわいいからずっと見ていたかったのもある」

「うぅ……はい」

ハイルド様のまっすぐな言葉。耳元で囁かれれば、胸の鼓動が早くなり、頬が熱くなっていく。

……そうか。ハイルド様もうれしい気持ちは私と同じだったのか。

そう思えば自然と笑顔が浮かんで……。

「ハイルド様、また一緒に寝てくれますか？」

「……っ、ああ、もちろんだ」

ハイルド様を見上げれば、ハイルド様の頬も赤い。きっと今、私たちは同じように胸の高鳴りを共有しているのだ。

「さすが閣下、リル様の笑顔が最高です」

「ええ、最初はどうかと思いますが、無事に巻き返しましたね」

「よかったですねー！」

すこしだけハイルド様と体を離し、周りを見る。

みんな私とハイルド様を見て、親指を上げるハンドサインを送っていた。

どうやら、これでハイルド様が責められるということもなさそうだ。

すると、床で転がっていた闇豹がひょこと起き上がる。ハイルド様の足元まで近づくと右前脚でベシッと靴を叩いた。

「……なんだ?」

「みなさんと同じ気持ちなのでしょうか」

「……やはり、言葉が理解できるのかもしれないな」

ハイルド様は私を抱きしめていた姿勢から体を戻すと、ふむと考え込んだ。

「面倒だが、一応、国王へ言っておくか……」

「そうですね。辺境伯が魔物を飼い慣らしていると、おかしなところから情報が広がるのは厄介です。先に国王陛下に報告しておけば、そうなった際に悪いようにはしないはずです」

ハイルド様の言葉にジャックが頷く。

どうやら、闇豹のことを国王陛下へと伝える必要があるようだ。

「……どうせ面白がって、面倒なことを言うのだろうな」

「まあ、それはそうでしょうね」

ハイルド様は心底めんどくさそうに息を吐いた。

第一話　旅立ちの前に

ハイルド様が王宮へ手紙を送ってから二週間。

闇豹は、とくに攻撃する素振りも、元気がなくなることもなく、ハイルド様の屋敷で暮らしている。

食事や排泄について心配していたが、食事はわりとなんでも食べる。そして、不思議なことに排泄はしないようだった。

最初の数日は排泄がないことを心配し、調子が悪いのではないかと体を見たり、魔物の森へ連れていったりしたのだが、そこでわかったことがある。

闇豹には排泄器官がないのだ。そうなれば当然排泄はしない。本来ならば食事も必要ないのかもしれない。

やはり魔物は私たち生物とは違った論理で生きているのだろう。

魔物の生態については解明が進んでいない。今、私たちが闇豹と接していることが貴重な体験となるのだ。

私は毎日、闇豹についての観察記録を書き、過ごした。

また、ハイルド様と私の就寝時間が合うときは、一緒に眠ることも続けている。

ハイルド様は「まだ緊張はする」と言っていたが、私は相変わらずぐっすりと眠ってしまう毎日だ。


闇豹はかわいい。

どうやら遊ぶのが好きなようで、ハイルド様の靴紐をかじるのがとくに好きなようだった。

ただ、紐はもし飲み込んでしまうと危ないのではないか？　とハイルド様が考え、闇豹用にぬいぐるみを持ってきてくれた。

ぬいぐるみは淡い桃色と水色の布でできていて、形は……楕円といびつな三角を組み合わせた、不思議なものだ。

最初、なんのぬいぐるみかはわからなかったが、マチルダによると、これはマチルダが幼いころに縫わせられた、「一応はクマ」らしい。

マチルダは大きな商家のお嬢様だったらしく、習い事として家でやっていたと教えてくれた。

今は、部屋でマチルダと午後のお茶を楽しみながら、話をしていたところだ。

マチルダは床に寝ころび、ぬいぐるみで遊ぶ闇豹を見て、あははと笑う。

「まったく向いてなかったんですよね。こういう『一応は』という前提のついたぬいぐるみをたくさん作ったのですが、不思議とうまくならなかったんですよね」

マチルダの口振りから、縫物がうまくならなかったことに悔しい思いはないようだ。

「このぬいぐるみたちを弟たちがずっと笑っていましてね。で、なぜか閣下に渡したみたいです。

まさかまだ持っていたとは。たぶん弟たちに押し付けられて、いらないとも言えずに受け取り、処分もできずに今まで持っていたのでしょうね」

　マチルダの話を聞いて、その場面を想像してみる。

　たしかにハイルド様はもらったものを突き返したり、処分できるタイプではないかもしれない。ハイルド様のことを思い、ふふっと笑みが漏れた。

　しかし、それならば、それを闇豹にあげてしまってよかったのだろうか。

「これはマチルダにとって大切なものではないのですか？」

「いえいえまったく！　こうしてリル様と闇豹の仲睦まじい姿が見られるなら、いやいや縫物をしていた幼い私が浮かばれます」

「そうですか……。マチルダ、ありがとうございます」

「いえいえ！　まだまだたくさんあるので、もしこのぬいぐるみがダメになったら言ってください。すぐにお持ちします」

　マチルダはそう言って、にこにこと笑う。

　闇豹はぬいぐるみを前脚で抱えるとごろんと絨毯の上へ横になり、うしろ脚で蹴った。とても楽しそうだ。

　テーブルに置かれたティーカップを手に持ち、口に付ける。今日はベリーの香りのするお茶で香りがとてもよかった。

「とてもおいしいです」

「そうですか！　よかった。これは実家が扱っているものなんですが、香りつきのお茶が流行っていまして。リル様にもいいかと思って手に入れてみました。あ、あと、このティーセットもすこし特別だと聞いて、用意したんですが……」

「この、ティーカップですか？」

「はい。なんでもお茶を淹れると不思議なことが起こる、とか」

「不思議なこと、ですか？」

「すこしお待ちください」

　マチルダはそう言うとポケットから小さく折りたたまれた紙を取り出した。どうやらそこにこのティーカップで不思議なことを起こす手順が書かれているようだ。

「ではリル様、まずはティースプーンをお持ちください」

「はい」

　マチルダが言うのならば、とても楽しいことが起こるのだろう。私はわくわくとしてティースプーンを握った。

「そのティースプーンでカップの縁を二周なぞってください……はい、そうです。でですね、角砂糖を一つ入れて、ゆっくり三回かき混ぜてください」

「……はい、うまくできたと思います」

「いいですね。では、あとはティースプーンをカップから出すと、不思議なことが起こるはずです。リル様のタイミングで出してみてください」

「っはい」

マチルダは私を見て、にこりと笑う。

どうやら最後のタイミングは私が決めていいようだ。……いったいなにが起こるのだろう。胸がうきうきと躍る。

「では、……いきます」

マチルダに声をかけ、スプーンを引き抜く。

すると——

「わぁぁ……っ」

「ええ……っ⁉」

——ティーカップからきらきらと光があふれ出した。

「すごいです、マチルダはこんな素敵なことを知っているなんて……っ」

あふれる光は一色ではない。虹のように七色の光があふれ、ぱちんと割れてそこがまたきらきらと輝く。なんて幻想的な景色だろう。

部屋いっぱいにあふれた光に闇豹は立ち上がると、その光を集めるようにはぐはぐと口を動かしている。

さらに闇豹は私へと向かってきて、足にぎゅうと抱きついた。いつもより興奮した様子だ。

そのうちにあふれた光は七色から銀色に収束し、ゆっくりと消えていった。

素敵な光景に思わず見惚れる。

すると、一緒にその光景を見ていたマチルダは呆然と呟いた。

「なんでこんなに光が……？　家で家族とやったときはせいぜいスプーンの先が輝くぐらいだったのに……」

どうやらマチルダが私に見せたかったものより、大がかりなことになってしまったらしい。

私はそっとティースプーンをソーサーに載せた。

「もしかしたら私のやり方が間違っていたのかもしれません」

「いやいや、そんなはずはないです。ちゃんとこのメモ書き通りですし。うーん……おかしいなぁ」

マチルダがそう言いながら、実際に私が行った動作と同じことをティーカップとティースプーンで行う。

すると、私がやったときのような大きな光は起きず、ティースプーンの先がきらきらと光った。

「うん、そうです、これです。ちょっと不思議な光るティーセット。これをリル様に見せて喜んでもらいたかったんですが……。申し訳ありません、驚きましたね」

マチルダがしょんぼりと肩を落とす。

マチルダは「安全確認が足りなかった」、「失敗した」と呟いた。

「いえ、私はとても楽しかったです。光は大きくてもなにも起こっていませんし、とても素敵な光景でした」

マチルダの想定とは違ってしまったようだが、とても楽しかったのだ。

なので、それを伝えると、マチルダは安心したように息を吐いた。

「それならば、よかったです」

「マチルダはいつも私のためにたくさんのことをしてくれます。本当にありがとうございます」

そう。マチルダのおかげで私は知らなかったことをたくさん知ることができる。

この不思議なティーセットもまったく知らなかった。

「マチルダ、こういう不思議なものはいっぱいあるのですか？」

もしかしたら私が知らないだけで、こういうものが一般的には定着しているのかもしれない。

そう思い、尋ねるとマチルダはうーんと首をひねった。

「いっぱいあるのかというと、たくさんあるとは言えないかもしれません。このティーセットもアンティークの一点ものなんです。たまたまこのメモ書きがあったのでこういう不思議な現象が起こることがわかりました」

「そうなんですね」

「古くから続く家や金庫に長年眠っていたものに、こういう不思議なことが起こるものがあるとは聞きます」

マチルダの言葉に「なるほど」と頷く。

一般的に普及しているわけではないが、ごくわずかにあるそういうものが存在していることは、みな知っているのだろう。

「そんな貴重な物をこうして持ってきてくれてありがとうございます」

「いえ！　私もまさかこんなすばらしい光が見られるとは思っていなかったのでいい経験でした」

二人でにこにこと笑って、引き続きお茶を飲む。

すると、お茶を飲み終わったころに、コンコンとノックの音が響いた。

「シェリル、いいか？」

「はい」

やってきたのはハイルド様だ。

マチルダは飲み終わったティーカップを簡単に片づけると席を立った。

そして、入室したハイルド様のうしろへと控える。

ハイルド様はマチルダと入れ替わるように私の隣へ腰かけると、なにかを差し出した。

「これは？」

「国王からの返事だ」

ハイルド様が差し出したのは白地に金飾が施された豪奢な封筒だ。

どうやら闇豹のことについて報告した手紙に返事がきたらしい。

「シェリル。突然だが、一緒に王宮へ行ってくれるか？」

「王宮、ですか」

「ああ。国王からの召還だ」

どうやら読んでいいようなので、開いて中身を読む。

書いてあるのはたった一言で――

「――闇豹を俺にも見せに来い、と」

ハイルド様は深くため息を吐いた。

「やっぱり、こうなったか……」

「陛下はこういうことがお好きですよね」

「ああ。昔から面白そうなことがあるとすぐに飛びつく。次期国王として教育され、今も国王として励んでいるが、その悪癖は変わらないままだ……」

ハイルド様はすごく面倒そうだが、たしかに国王陛下であれば、魔物を見たいと言うだろう。

私と国王陛下との付き合いは浅いが、それでも目を輝かせている国王陛下の顔を想像できる。

「ハイルド様と国王陛下は幼いころからの知り合いなのですよね」

「知り合いたくて知り合っているわけではないが、次期辺境伯と次期国王として、どうしても関わらざるを得なかった。俺は放っておいてほしいが、あいつは俺と絡むのが楽しいようだからな」

ハイルド様の声は嫌そうだ。だが、生理的な嫌悪や憎しみといったような感情は感じない。

「面倒だ……」

ハイルド様の言葉通り、単純に「面倒くさい」のだろう。

「無視してもいいが、そうなるとアイツが自らここへ来ると言い出す可能性がある。アイツ個人が勝手に来るのはどうでもいいが、あんなでも国王だから、こちらも辺境伯として迎え、それなりの扱いをする必要があるだろう」

「そうですね。国王陛下の正式な訪問となると、……その、準備がいろいろと大変そうです」

「ああ。そもそもこの地までやってくるような、物好きな貴族たちはいないから、位の高い者たちが滞在できるような宿泊場所はない。この屋敷だけだ。人も雇っていないからな」

「そうですよね……」

　ハイルド様は辺境伯という地位についているが、自分のことを自分でし、屋敷の管理をする使用人も必要最低限だ。

　私が最初に嫁いだときに世話をしてくれたのが、ハイルド様付きの騎士であるマチルダであったように、侍女なども雇っていない。

　基本的には近くの街に住む人々を昼間だけ雇い、掃除や洗濯、料理をしてもらいお給金を渡すという形式をとっている。

「ここに来てくれたのがシェリルであったから、このような暮らし方でもともに過ごしてくれている。普通の貴族であれば、自分の世話をする者が足りず、早々に出て行ってしまっていただろう」

「私はここの暮らしがとても好きです。毎日、なんて恵まれた日々なのだろう、と」

　生家であるエバーランド伯爵家には使用人がおり、父や母、妹たちはその世話を受けていた。

だが、私についている使用人はおらず、すべて一人で行っていたのだ。

　さらに、私自身が父や母、妹たちに使用人のように扱われていたため、辺境伯の屋敷はとても温かく幸せな場所と感じている。

　なので、ハイルド様を見上げて伝えると、ハイルド様の金色の眼が蕩ける。そして、そっと私の頬に手を寄せた。

「俺はシェリルと出会えたことが本当に奇跡のように思える。ともに暮らす相手がここの生活を自然に受け入れてくれること。それが当たり前のことだとは考えていない」

「私は……」

　私はどうだろうか。

　辺境伯領の暮らしが好きなのは、これまで伯爵家で苦しかったからだろうか。だとすれば、伯爵家から出さえすれば、どんな生活でも好きになっていたのかもしれない。でも……。

「私は伯爵家以外の暮らしを知りません。父や母、妹の過ごしていた毎日が一般的な貴族の暮らし方なのだとすれば、それに慣れるには時間がかかったかもしれません」

　貴族には貴族の暮らし方がある。

　服を着るのも、食事を摂るのもなにもかも人の手が必要で、たくさんの使用人を抱える生活。それに慣れる必要があっただろう。

「私は自分のことは自分でできますが、だれかに指示をしたり、多くの人をまとめるようなことは得意ではないと思います」

　当主の妻には必要な素養。それが私に足りているとは思えない。

　でも、ここ辺境伯領では使用人の数はすくないため、そちらの素養よりも自分のことを自分でできる能力のほうが必要なのだろう。それが私にとっての幸運だった。

「ハイルド様やみんながいて、私の力を使う機会を与えてくれたことで、私は自分を必要以上に恥じることなく、一緒に過ごせました。……私にとっても、ここは奇跡のような場所です」

　言葉にしてみれば、さらにその思いが胸にあふれる。

　この場所だったから。みんながいてくれたから。……ハイルド様だったから。

　だから、私はここにいるのだ。

「……そうか」

　ハイルド様がふっと笑って、私の口許へ唇を寄せる。

　優しい感触が残ると、私の胸は幸せでいっぱいになってしまった。

　ハイルド様の顔が離れ、私は頬が熱いまま、ふふっと笑う。

　こうやって触れ合う度に、私はたくさんの幸せに包まれていると感じられるから。

　ハイルド様は私の頬から手を離すと、一度、ふぅと息を吐いた。

　そして、言いづらそうに口を開く。

「ここに国王は呼べない。だからコイツを連れて王宮に行くしかないのだが、国王だけでなく、それに付き従う者たちがたくさんいる。そして、俺は嫌われている」

「……ハイルド様が？」

　突然の言葉に驚き、目を瞬かせる。

　ハイルド様は「ああ」と頷いた。

「俺の容姿は魔物に見えるらしい。俺の体格や目つき、態度の問題もあるだろうが、一番はこの髪色だろう」

「髪色ですか……？　こんなに素敵な色がですか？」

ハイルド様の鮮やかな赤い髪。魔物の森で私を救ってくれたときに目に焼き付いた色。私の大好きな色なのに……。

「俺の父と母はこんな色ではなかった。この国には時折、髪色が変わった者が生まれるようだ」

その言葉に私ははっと息を呑んだ。

私は銀色の髪をしているが、私の父と母は茶色い髪と金色の髪をしていた。父は金色の髪に固執していて、メリルの金色の髪をやけに気に入っていたのを覚えている。

そして、私の銀色の髪を嫌っていた。

「父と母は俺の髪色を気にしたことはない。だから、俺自身もそれについて気にしたことがなかった。……元来、そういうことを気にしない性格でもあったのだと思う」

「そうですね。閣下は細かいことは気にしませんね」

ハイルド様の言葉にマチルダが頷く。

どうやらハイルド様が私と同じような扱いを受けていたわけではないようだ。その言葉を聞いて、知らず知らずにほっと息を吐いていた。

ハイルド様がそんな私を見て、心配そうに眉根を寄せた。

「シェリルの髪色も珍しい。最初に出会ったときは銀色ではなかった。銀色に戻したときでさえ、俺は気にならなかった。色粉を落としたのだと、あとでマチルダに聞いた。あのときは気づくことができずにすまなかった」

「そんな……、私は……」

ハイルド様の謝罪に急いで首を振る。

家族から厭われる自分。その象徴のような銀色の髪。

家族のだれとも似ていないその髪が、より自分の孤独を浮き彫りにしていて、私は髪色を変えることで、そんな自分を見ないようにしていたのだ。

でも、ここに来て、それではダメだと思った。

家族から厭われ、孤独な自分。それを受け入れて、別れを告げる必要があったのだ。

その勇気を持てたのは、ここに来れたから。そして……。

「ハイルド様は私の銀色の髪を見てもなにも変わらなかった。『髪色を変えたんだな』とその一言だけでした。私は……私はその言葉に救われました。幼いころから囚われていたことがとてもちっぽけに思えたのです」

狭い世界にいた私を、広い世界に連れ出してくれた。

私はそんなハイルド様だから、こんなにも好きになったのだ。

「……そうか。俺の言葉がシェリルを助けることができたならよかった」

「ハイルド様はいつも私の心を温めてくれます」

ふふっと笑う。

すると、マチルダが「えー」と声を上げた。

「閣下、普通はダメですからね。リル様だから閣下の言葉や態度をそのまま受け取ってくれていますが、普通ならば『失礼』、『無神経』と思われても仕方ありません。リル様の変化にもっと敏感になってください」

「……努力する」

ハイルド様が殊勝そうに頷く。

そして、そっと私の手を取った。

「どうやら古い貴族には『特異な髪色』に対しての忌避感があるようだ。エバーランド伯爵家は長く続く家であり、さらにあまり革新的ではなかっただろう？」

「そうですね……」

どちらかというと、伝統を重んじる家柄だったと思う。ハイルド様が言う「古い貴族」という言葉に当てはまってしまうだろう。

「俺は次期辺境伯として、幼いころから父母とともに王宮へ行くことが多かった。そのときの周りの態度を見て、俺が勝手に推測した。髪色での差別など許されていない。だが、意識的にしろ無意識にしろ古い貴族はそんな態度を取る」

ハイルド様の言葉にそうだったのか……と考える。

私が生まれてすぐに疎まれた理由。生まれてくるはずの金色の髪の赤子が銀色の髪だったために始まったと私は思っていた。

その父母の態度はどこかに理由があったのだろうか。

「……王宮には古い貴族がいる。そしてそれに仕える者たちにも、その態度が伝染していくんだ。俺の赤い髪。あれは魔物の色だから疎んじていい。主が疎んでいるのだから、従者である自分たちも疎んでいい、とな」

ハイルド様の言葉に胸が痛む。

私の銀色の髪を嫌がる父母。もしかしたら、ハイルド様も王宮でそのような目にあったのだろうか。

幼いころから何度も通った王宮でそのような態度を取られたのだとすれば……。

「大丈夫だ、シェリル。そんな苦しい顔をしないでくれ」

思わず、繋いだハイルド様の手にぎゅうと力を入れてしまう。

ハイルド様は私を安心させるように、そっと肩を抱いた。

「俺はそんな態度の者たちを悉《ことごと》く蹴散らした。基本的には無視。それでもうるさい者にはやり返す。俺のほうが強いからな」

「ええ、ええ、リル様、心配は無用ですよ。シェリル様のような優しさは閣下には微塵もありません。貴族を殴り返して問題を起こすこともたくさんありました。『魔物のようだ』と噂が流れたのも、そのようにやり返された貴族連中や従者が言い始めたのですが、閣下はこれ幸いと噂を広げていましたからね。『魔物だから近づくな』と」

「……無駄に絡まれるより、遠目で邪険にされるほうが楽だろう」

「結果として、冷酷だと噂が立ち、嫁ぎ先として最低候補になった結果、国王陛下に無理やり縁談を決められましたね」

「そうして、シェリルが来てくれた。幸運だった」

　マチルダの話にハイルド様は笑顔で返す。

　私はハイルド様の真意を探るため、ハイルド様を見上げた。

「……王宮に行くのはハイルド様にとって苦しいことではないですか？」

　闇豹を見せに行くために王宮へ行く。それがハイルド様にとって苦しいことなのだとすれば、別の方法を考えたほうがいいだろう。

　なので、そう聞くとハイルド様は「問題ない」と首を振った。

「シェリル、マチルダの言う通りで、俺自身は本当に気にしていない。むしろ利用していた」

　ハイルド様の金色の眼。その眼に苦しみはない。髪色に関してのさまざまなことはすでにハイルド様は乗り越えているのだろう。

「ただ、国王とはいわゆる幼馴染という間柄になるのだが、常にうるさい。それが面倒くさいというのが大きい。それとこれまでシェリルが王宮に行くときは、王都の別邸から通っていただろう？」

「はい。ハイルド様やみなさんと何度か行きました。陛下とは王宮で会っていましたが……」

「ああ。あいつに言って、シェリルが古い貴族と会わないようにしていた。それに前回の夜会で国王自らがシェリルを『宝石姫』だと宣言したから、さすがになにか言ってくる者もまだいなかったのだろう」

伯爵領で領主であった父が更迭され、臨時に国から領主代行が派遣されたのだが、伯爵領について私が詳しいということで、何度か国王陛下と会っている。

これまで私が髪色について言われたことはないし、辺境伯領の妻として相応の扱いを受けていたと思う。

それはハイルド様が事前に国王陛下と話をし、私が嫌な思いをしないようにしてくれていたのだ。

「今回は闇豹をともに連れていく。闇豹を別邸にいさせるわけにはいかないから、厳重な警備の上で王宮に俺たちと一緒に滞在しろという話だ」

「別邸からの通いではなく、王宮に泊まることになるのですね……」

「ああ。そうなると煩わしいことが起こるかもしれない。シェリルの髪色について表立って言うような人間はいないかもしれない。だが、態度で感じるものがあると思う」

「……はい」

ハイルド様の言葉に頷く。すると、ハイルド様はまた苦しそうに眉根を寄せた。

「俺自身はこれまでのことも、噂が広がるのも気にしていない。だが、俺の行いにより、今は髪色の問題ではなく、俺自身が『魔物のようだ』と恐れられている。俺の妻であることがシェリルに害になるかもしれない」

「髪色ではなく、ハイルド様の妻であること、ですか？」

「ああ。王宮に滞在するとなると、シェリルまで酷い態度を取られる可能性がある。もし、そうなったとき、シェリルが傷つくことが苦しい。……そして、一番怖いのはシェリルが俺との関係を嫌になるのではないか、と」

　ハイルド様の口調がいつもより硬い。

　そっと金色の眼を見つめれば、それは不安で揺れているようだった。

　いつも温かく、強く、動じないハイルド様。けれど、今はなにかを恐れているようで……。

「俺が噂を払拭しようと動かなかったことや、どうでもいいと切り捨ててきたことが、これから俺とシェリルの間で問題になるかもしれない」

　肩を抱いていたハイルド様の手が私の頬へと移動する。

　金色の眼は懇願するように、私を見つめていた。

「……シェリルを失うのが怖い」

　低く掠れた声で告げられる。

　そう。ハイルド様は私が王宮に滞在し、周りから酷い態度を取られることで、ハイルド様を嫌いになるのではないかと恐れているのだ。

　私自身の銀色の髪についてだけではない。ハイルド様の妻であることでいらぬ誹《そし》りを受ける。

　そのとき、私がハイルド様との関係を変えたがるのではないか、と。

　私は繋いでいた右手をそっと持ち上げた。

　そして、ふふっと笑う。

「ハイルド様。ハイルド様は私の諦めの悪さを知っていると思っていました」

私の笑みを見て、ハイルド様の目が開かれる。

不安に揺れているその目を安心させたくて、私はさらに笑みを深めた。

「私は家族にどんな態度を取られても、家族への愛が手放せなかった人間です。いつか、もしかしたら、明日になれば。そう思い続けて生きてきました。そして、ここまで来たのです」

家族に死ね、と言われて、死を受け入れてしまうような人間なのだ。

そんな自分は滑稽で情けないと思う。叶わない愛に身を任せる愚かな人間だ。でも……。

「ハイルド様はそんな私を受け止めてくれました。そして……そのままでいいのだ、と。これまでのことは無駄ではないと言ってくれました」

家族を愛した私を否定したわけではない。愛を手放せず、どこにも行けなくなっていた私に広い世界を見せてくれたのだ。

家族を愛していたこと。……人を愛せた過去。

でも、新しい道へ。

「私は今、ハイルド様を愛しています。……私の愛が一途なこと。諦めが悪く、手に握り締めて離せなくなってしまうこと。ハイルド様が一番よく知っていてくれると思っていました」

ハイルド様を見上げる。

そして、すこしだけ腰を浮かせて、唇を近づけた。

私は……ハイルド様と口づけをするのが好きだ。二人の気持ちは同じだと触れた場所から伝わるから。

自分から口づけをするのは恥ずかしい。でも、今、不安に揺れるハイルド様の心を温めたいと思うから……。

「王宮でどんなことがあっても大丈夫です。私の気持ちはそんなことで変わるようなものではないのです」

諦めが悪くて、情けなくて、愚かな私は。ハイルド様をずっとずっと愛したいのだ。

その途端、ハイルド様は一度、なにかを我慢するように、スッと目を細めた。

次の瞬間、ぎゅうと抱きしめられて……。

「……ありがとう、シェリル」

「お礼を言うのは、私です。ハイルド様はいつも私と向き合ってくれます。だから、不安なことも苦しいことも。……一緒に分かち合えると思います」

私は一人で考え込む癖がある。それはこれまで一人の時間が長かったのもあるが、そういう性質なのだと思う。

でも、一人で考えて出した答えが正解だとは限らない。とくに人と人が関わり合うことであれば。

ハイルド様は言葉を飾る人ではないが、だからこそ、そこに嘘は混ざらない。

私もハイルド様も話すことが得意ではないと思うが、いつもハイルド様がまっすぐに向き合ってくれるから、二人の思いをすり合わせることができる。

私はそれがとても素敵なことだと思うから……。

「シェリル、もう一度、口づけをしても？」

「……はい」

目を見て改まって言われると、やはり照れる。

ふふっと笑って頷くと、ハイルド様の金色の眼が蕩けた。

そのまま唇がそっと触れる。そして、一度で終わると思ったそれは、角度を変えて何度か続けられた。

私は目を閉じて、それを受け入れていたのだけど、なんだか思っていたよりも長くて、熱心なそれに、止めていた息が続かなくて……。

「は、はいるど、様、まって」

ハイルド様の広い胸に手を置き、そっと押す。口づけがようやく止まったことに安心し、ふぅふぅと息を吐いた。

「息が……その、タイミングがわかりません」

その体勢のまま、ハイルド様をちらりと見上げる。自分でもよくわからないけれど、なんだか目が熱くなって、目尻に涙が溜まってしまった。

「……もう一度」

「は、ハイルド様っ！」

そんな私をじっと見下ろしていたハイルド様が、なにを思ったのか、口づけを再開しようとする。

　さすがに私も焦ってしまって、広い胸をぐいぐいと押し返した。

　すると、私を守るかのようにマチルダが入ってきて……。

「えー……閣下、えー……私としてはどうしていいか戸惑うところなのですが、私もいますし、リル様もいっぱいいっぱいと言いますか」

　そう言うと、私をひょいと抱え、ハイルド様と距離を取る。

　マチルダは女性だが、立派な騎士なので、私を抱えても大丈夫そうだ。

「リル様、大丈夫ですか？」

「はい。ありがとうございます」

　熱い頬のままお礼を言えば、マチルダは微笑んで頷いてくれる。そして、ハイルド様の隣ではなく、正面の一人掛けのソファへと移動し、降ろしてくれた。

　すると、とことこと闇豹がやってきて、私の膝の上へと飛び乗る。こうして私の膝の上に乗り、撫でてもらうのが好きなようだ。

　私は自分を落ち着けるためにも、真っ白に黒い斑点がかわいい毛並みをそっと撫でる。今日もふわふわで、熱かった頬もゆっくりと落ち着いていった。

「シェリルすまない。かわいいシェリルを見ていると、止まらなくなってしまった」

「……っ、いえ」

　せっかく落ち着いていた頬が、ハイルド様の言葉にまたぽっと熱くなる。

落ち着こうと闇豹をよしよしと撫でれば、闇豹は気持ちよさそうに赤い目を細めた。

「話を戻すが、闇豹を連れて王宮へと滞在する。俺と闇豹だけでもいいが、闇豹はシェリルに懐いているようだし、シェリルとともに行ったほうが、こいつも安心するのではないかと考えた。だが、今、話したように王宮に滞在すれば、シェリルは嫌な思いをするかもしれない。それでも、一緒に行ってくれるだろうか」

正面のハイルド様がじっと私を見つめる。

その金色の眼を見つめていると、胸がふわふわと温かくなるのを感じた。

……好きだな、と思うのだ。ハイルド様のこういうところが。

私に説明をしてくれ、私の言葉を待ってくれる。私の意見など何一つ聞いてもらえなかった過去があるからこそ、これが当たり前ではないことがわかるから……。

私は大好きな金色の眼を見上げて、「はい」と頷いた。

「闇豹を魔物の森から連れて帰りたいと感じたのは私です。ハイルド様はそれを叶えてくれました。国王陛下に闇豹を見せ、報告と説明が必要ならば、私も行きたいと思います」

「……そうか、ありがとう、シェリル」

金色の眼が優しく細まる。それがうれしくて、私が笑えばハイルド様も笑ってくれた。

……二人なら分かち合える。私とハイルド様ならば、王宮でなにがあっても大丈夫。そう、心から信じることができるのだ。

「王宮に行く前に闇豹に名前をつけたい。魔物を王宮へ運ぶことは最低限の人数にだけ情報を開示するように伝えてある。無駄な諍いは面倒だからな」

「そうですね……。この子は『闇豹』と呼ばなければ、魔物とは思わないかもしれません」

闇豹は動物の姿をした魔物である。黒い色であっても魔物だとは思われないだろうが、この子は白色だから、より魔物には見えない。大き目な猫……と呼ぶには四肢が太く、しっぽが長いが、それでも猫科の動物だと思われるだろう。

「名前をつければ、あいつが『欲しい』というのも牽制できるはずだ。あいつは必ず欲しがる。が、シェリルが名前をつけてかわいがっているとわかれば、さすがに手出しはしないだろう」

ハイルド様は「はぁ」とため息を吐く。国王陛下の話をするとき、ハイルド様はだいたい眉を顰めているか、ため息を吐いている。

こうして、国王陛下がどのような動きをするかを、すぐに想像できるほど仲がいいとも言えるし、それがハイルド様と国王陛下の過ごしてきた時間の長さも感じるのだ。

「俺は名付けには向いていない。もしシェリルにいい案があれば、それがいいと思うのだが」

「……わかりました」

ハイルド様の言葉を受け、膝の上に転がる闇豹へと視線を向ける。

頭を撫でていたのだが、闇豹はそのままごろんと仰向けになった。そして、私の膝の上でふわふわのおなかを見せる。とてもかわいい。

その体勢のまま顎の裏をこしょこしょとくすぐれば、ご機嫌そうに前脚を動かした。すると、ごろんごろん喉を鳴らして……。

「最近はシェリルに撫でられると、そうして喉を鳴らすんだな」

「はい。最初はわからなかったのですが、どうやら気持ちいいとこうして喉を鳴らすようです」

そう説明すると、マチルダが「そういえば！」と声を上げた。

「猫もそうやって喉を鳴らすと聞きました！　ゴロゴロと人に甘えるときに鳴らすようです」

「なるほど、これはシェリルに甘えているのか」

「きっとそうですね。猫だと音が違うのでしょうが、闇豹の首は太いため、こうして『ゴロンゴロン』という大きく低めの音になっているのかもしれません」

ハイルド様とマチルダが猫と闇豹の喉の音の違いについて話している。

つまりこの『ごろんごろん』という音は闇豹である、この子特有なのだ。

そう思えば、この喉を鳴らす音がかわいく思えてきて……。

「あの……」

「どうした、シェリル」

「名前、こんなのはどうでしょうか」

――思いついた名前は『ロンロン』。

本当にこの名でいいのかわからず、おそるおそる提案した名前にマチルダは「いいですね！」と歓声を上げ、ハイルド様は「いいと思う」と頷いてくれた。

「あなたの名前を『ロンロン』にしようと思うのです。どうでしょうか」

膝の上でおなかを見せる闇豹に声をかける。

「キャウ！」

満足そうに頷く姿から、どうやら気に入ってくれたようだ。

「では、今日からロンロンと呼びますね。よろしくお願いします」

「キャウキャウ」

ハイルド様が言うように、やはり私たちの言葉がわかるのかもしれない。「いいよ」と言うように闇豹――ロンロンは私の手をぽふぽふと叩いた。

ぷにっとした肉球が手の甲に当たる。その仕草もかわいくて、またふふっと笑ってしまった。

「ところで閣下。閣下はこのカップをご存じですか？」

「これか？　いつもと違うのか」

マチルダがハイルド様に声をかけ、テーブルの上のカップを示す。ハイルド様は普段とはカップが違うことに気づいていなかったようで、目を眇めてカップを見下ろした。

「これは私の実家から取り寄せた不思議なカップです。仕掛けがあって光るのですが、リル様に楽しんでもらおうと思い持ってきました。仕掛けはこうなのですが……」

マチルダはそう言うと、腰を屈めて、ソーサーに載せられていたティースプーンを取った。

そして、あの手順を繰り返す。

まずはティースプーンでカップの縁を二周。そして、角砂糖を一つ入れて、ゆっくり三回かき混ぜた。あとはティースプーンを引き抜くと、その先がきらきらと輝いた。

「こうやって光ります。不思議で面白いと思ったのですが、リル様が扱うと私とは違った反応をしました」

「違った反応とは？」

「光が強く大きいものになりました」

「そうか。……これはシェリルが使ったものか？」

「あ、そうです。ハイルド様の前にあるのが私のカップです」

「すこし借りる」

飲みかけのものをハイルド様の前に置いておくのは気が引けるが、それをハイルド様に触られるのが嫌なわけではない。

了承の返事をすると、ハイルド様はマチルダがさきほど行った手順を繰り返した。

すると、とても大きな光が生まれて――

「ええ……っ!?　閣下でもなるのですか……!?」

――マチルダの驚きの声と同時に、部屋がパアッと明るくなった。

「これは眩しいな」

あふれた七色の光。それは私のときと同じように、ぱちんと割れてそこがまたきらきらと輝いた。やはり幻想的だ。

ロンロンは私の膝の上から飛び降り、絨毯の上を駆けながら、また光を集めるようにしている。

ここまでは私と同じ。が、最後がすこし違っていて……。

「光の色が違うかもしれません」

私のときに銀色へ収束した光が、今回は赤色へと変わっていったのだ。まるで、ハイルド様の髪色のように。

じゃれついているロンロンをいなしながら、ハイルド様は私に質問を続ける。

「シェリルのときとどう違った？」

「私のときは最後の色が銀色でした。こんなに鮮やかな赤色ではなかったと思います」

「そうですね、たしかに最後の色はリル様の髪色のような、艶やかな銀色でした」

「……そうか」

ハイルド様が考え込むように唇に手を当てる。そして、カップを手に取った。

「これは――『魔法道具』なのかもしれない」

「魔法道具……？」

「魔法道具とは聞いたことがないですね」

聞きなれない言葉にマチルダと顔を見合わせる。どうやら私だけでなく、マチルダも知らなかったようだ。

「このカップのように不思議な効果が出るものがあるのは知っているか？」

「私は知りませんでした。マチルダに今日言われて、初めて知ったのです」

「私は知っています。実家の商家で、アンティーク品にそういうものがあり、割と高価で取引されています。ただ不思議だなというだけで、そんな風な名前がついているとは知りませんでしたが」

「俺も詳しくは知らない。だが、この国には『魔法道具』と呼ばれるものがあり、それは不思議な力を宿している。昔はそんなものがもっとあったようだ」

「それでは、この光るティーセットは『魔法道具』なのですね」

「ああ、おそらく。シェリルとマチルダ、俺で出た効果が違うのも、『魔法道具』だからだろう」

「閣下、それでは『魔法道具』は使う人間によって効果が変わるということですか？」

「ああ。きっとシェリルと俺のほうが『魔法道具』へ干渉する力が強かったか、なにかの影響があるのだろうな」

「なるほど」

ハイルド様の説明にマチルダが頷く。

ハイルド様はカップをソーサーに戻し、話を続けた。

「辺境には地下迷宮がある。当たり前のように受け入れて過ごしているが、謎のまま放置されているということだ。『魔法道具』もそれに近いものだろう」

「そうですね……。地下迷宮も魔物も。不思議なことがいっぱいです」

ハイルド様の説明に「ほう」と息を吐く。

伯爵家に一人だったとき、たくさん読んだ書物。そこにあった不思議な世界は辺境伯領に実際にあった。

今、目の前にあるティーセットもそういう不思議な世界のものの一つなのかもしれない。そう思うと、胸がドキドキとしてきて……。

「……シェリル、目が輝いている」

ハイルド様が笑いを滲ませた声で私の名を呼ぶ。

新しいことを知り、胸を高鳴らせている私に気づいているから。

「シェリルはそういうものが好きなのだな」

「……はい」

ハイルド様の言葉が胸に沁みていく。

そう。今、私はまた自分が興味を持てて、楽しいなと思うものを見つけた。ハイルド様と出会って、騎士のみんなと過ごし、私は好きなものがどんどん増えていくのだ。

「『魔法道具』。どんなものがあるのでしょうか……」

ほかにもあるというそれに、思いを巡らせる。

マチルダは高価で取引されていると言っていたから、やはりすぐに見つかるものではないのだろう。

「――シェリルは『魔法道具』について知りたいか？」

胸を高鳴らせていると、どこか緊張を含んだような声でハイルド様に問いかけられる。

さきほどまでの雰囲気と違い、すこし戸惑う。

だが、ハイルド様の変化はどうしてだろうか。

すこし逡巡したが、私は正直な気持ちを話すことにした。

「知りたいと思います。私は本に書かれている世界が好きなのです。……魔物の森も本で読み、ずっと気になっていました。そのことで、この地まで来ることができたのです」

　そう。王命と父の策略により、妹の身代わりで嫁ぐことになった私だが、魔物の森への興味があったから、最期だと思った瞬間が絶望だけではなかった。

　だから、私にとって不思議な世界の話は特別なものでもあるのだと思う。

　すると、ハイルド様は「……そうだな」と呟いた。

「せっかく王宮へ行くのだから、調べてみるのもいいかもしれない」

　もうそこにさきほどの緊張は感じなくて、不思議に思い首を傾けた。

「……ハイルド様は私が『魔法道具』へ興味を持つのはいやでしたか？」

　私の質問にハイルド様は一度、目を瞠った。

　そして、すぐに首を横に振る。

「そうではない。……王宮の書庫ならば、『魔法道具』についての記述がある書物もあるだろう。あいつに言って、許可を取ろう」

　ハイルド様はそう言うと、金色の眼を優しく細める。

　どうやら私の気のせいだったようだ。

　王宮の書庫という魅力的な響きにまた胸が高鳴った。

「……楽しみです」

　素直にそう言うと、ハイルド様も「ああ」と頷いてくれた。

「そうだな。闇豹……、ロンロンをあいつに会わせるだけの旅だと思うとうんざりするが、シェリルの知りたいことを調べるためならば、喜んで行こう」

「ありがとうございます」

ハイルド様がふわっと笑うから、うれしくなって私も笑顔を返す。

――こうして、私とハイルド様、闇豹のロンロンは王宮へと旅立つことになったのだった。

幕間一　ハイルドの対処

闇豹を王宮へ連れていくことが決まった夜、俺と俺付きの騎士たちで客間へと集まっていた。

この部屋は以前、シェリルが使っていた場所だ。シェリルは俺の私室の隣へと移動したため、この部屋は空き部屋となっている。

そして、当のシェリルは今、自身の私室で闇豹——ロンロンと過ごしていた。

ロンロンという名前は魔物にはかわいすぎるのではないかと感じたが、シェリルが付けたのならば、それが一番だろう。当の闇豹も気に入っていたようだったしな。

夕飯を取り、就寝までのわずかな時間に騎士たちを集めたのはほかでもない。今後の方針について話し合うためだ。

「で、閣下、今回の議題は王宮へ行くための準備で構いませんか?」

筆頭騎士のジャックがソファに座り、話を促してくる。

俺はそれに「ああ」と頷いた。

「護衛のために王宮へついてくる者と、なにかあったときのために辺境に残る者。二つに分けたいが、いいか」

「もちろんです」

俺の提案にジャックが乗り、ほかの騎士たちも首肯で返す。

俺はそれを確認し、それぞれに役目を振っていった。

「ジャックは残り、俺の代わりを務めてくれ。エドとゴランはその補佐を。マチルダとコニーにはシェリルの護衛を頼みたい。俺の護衛はいらない。俺とともに来て、お前たちが嫌な目にあうのは避けたい」

「私たちは構わないと、いつも言っていますけどね。どうせ今回も聞いてくれないのでしょう」

俺の言葉にジャックがやれやれと肩を竦める。

そう。俺は王宮へ行く際、騎士は連れていかないことにしているのだ。

王宮での俺は厄介者だ。俺に付いている騎士というだけで、いらぬ誹りを受ける現実がある。それは幼いころから十分に思い知っているのだ。

今の俺は自分の身は自分で守れるし、王宮に滞在する際に騎士の手を借りたいと思うこともない。なにかあれば俺から国王に直接言えばいいのだ。

それならば、俺がいない間の辺境領の采配や守りを任せているほうが騎士たちの能力を発揮できることにもなる。

「マチルダとコニーは嫌な思いをするだろうが……」

今回は俺だけではなく、シェリルも王宮へ行く。しかもこれまでの王都の別邸での滞在ではなく、王宮に滞在しなければならない。

そうなれば、シェリルのそばで守る騎士が必要だろう。そして同性のほうが都合がいい。

シェリルが来てから、マチルダに任せてばかりだが、マチルダは「お任せを！」と親指を上げた。

「問題ありません！　リル様が王宮で一人だと思うと、おちおち辺境領で過ごすこともできませんから。リル様のおそばにいられるのであれば、そのほうが安心です」

「僕も大丈夫だよー！」

コニーも元気に親指を立てた。

「助かる」

二人に礼を言えば、二人とも笑顔を浮かべる。

そして、ジャックが「では」と話を締めた。

「王宮行きについてはそのように。留守はお任せください。閣下がいてもいなくても問題なく動かしてみせます」

「頼む」

言い方は事務的だが、ジャックの言葉は心強い。

これで解散する空気になったが、マチルダが「あの！」と手を挙げた。

「せっかく集まったので、議題を提案してもいいでしょうか！」

「議題ですか？　王宮行き以外に？」

「はい！　閣下とリル様の関係についてです」

ジャックの疑問にマチルダが神妙な顔で返す。

俺はその言葉にはてと首を傾げた。今、俺とシェリルのことで騎士たちに聞かねばならぬことがあっただろうか。

思い当たらないため、マチルダの話の続きを待つ。

すると、マチルダは真剣な顔で言葉を零した。

「――閣下とリル様が甘すぎます」

『ああ……』

マチルダの言葉にほかの騎士たちは、さもありなんと頷く。

「その場にいると、どうしていいか考えるときが多い。みんなはどうしているのか！　対応を聞きたい！」

マチルダが拳を握り問うと、騎士たちは顔を背けた。唯一、コニーだけが「はいはい！」と手を挙げて、賛同する。

「僕も聞きたいです！　閣下がリル様に迫っているように見えるんだけど、いいんですか！」

『うーん……』

コニーの言葉に一様に悩まし気な顔をする騎士たち。

どうやら俺のシェリルへの対応について困っているようだ。

「俺は……そんなにシェリルに迫っているだろうか」

ぼそりと零せば、騎士たちは全員、すぐに反応を返した。

「迫っているんじゃないんですか⁉」

「迫っていると思ってましたー！」

「迫っている」

「迫ってるッスね」

「逆にあれで迫っていないと考える閣下は、自制心について自分に問うたほうがいいのでは？」

マチルダには驚かれ、コニー、ゴラン、エドに首肯され、最後のジャックには辛辣に言い放たれた。

全員意見の一致。ということは、迫っていた……のだろう。無意識だが。

「オレはいいと思いますけどね。お二人は夫婦なのだし、昨夜だって同じベッドで就寝したと聞きましたよ。みんなで祝いをしようってなったって聞いてたッスけど？」

長い髪を一つに括ったエドが軽い調子で笑う。

それにマチルダが「お前はなにもわかってない」と首を横に振った。

「リル様は大変かわいらしい方だ。一緒に眠るといっても、お前が考えているような下世話なものではないからな。リル様が夫婦の寝室を分ける扉を見て、どうすべきかと悩んでいたのだ。祝いも、リル様の悩みが一つなくなってよかったという話だ」

「今回は闇豹……ああ、ロンロンという名になったんでしたか。どうにも夜に騒がしかったために、閣下とリル様が共寝することになったようです」

「俺の寝室とシェリルの寝室を隔てる扉をずっと引っ掻いて眠らなかった。音に気づいたシェリルが鍵を開けたんだが、それでもうるさくてな」

「……それじゃあ、指一本も触れてない？」

エドが俺を見て顔を引きつらせる。

俺は「ああ」と頷いた。

その姿を思い出せば、今でも顔が緩んでしまう。俺の名を呼び、「大好き」と寝言を零すシェリルはとてもかわいかった。

「シェリルはかわいかった」

頭を撫でて、抱き寄せようかとも思ったが、そうしたときに先へ進まない自信がなかった。俺とシェリルの間にロンロンが陣取っていたのもあるが。

「あー……なにもなくてもそんなに幸せそうな顔をしちゃってまあ……。オレが言うことはなにもないッス」

エドが「撤退撤退」と言って、口を閉ざす。

すると、マチルダが勢い込んで、騎士たちの顔を見た。

「別に閣下が幸せそうなのはいいんです！　が、リル様が戸惑っているように見えるときがあり、私はどうしたらいいのか、と！」

『ああ……』

マチルダの言葉に騎士たちは、また顔を背ける。

俺はその言葉を聞き、ぼそりと呟いた。

「……シェリルは戸惑っているのだろうか」

シェリルの青い瞳がきらきらと輝く。光の加減で紫色になる瞳がうれしそうに細まるのが好きだ。

俺の行動で、シェリルが困っているのであれば、それはやめなければならない。

そう思っての言葉だったのだが、思っていたよりも声のトーンが落ちてしまった。

すると、マチルダが慌てたように声を上げる。

「あー、閣下、すみません、戸惑っているといっても、リル様が閣下のことを嫌がっているわけではなく……。なんというか、閣下が甘すぎて、受け止め切れていないと言いますか……」

「うんうん！　閣下とリル様はとても仲良しってわかりますー！　でも、そばにいる僕たちが困っているってことなんですよね」

「そうだ、コニー！　そういうことなんだ！」

コニーの言葉にマチルダが我が意を得たり！　と目を輝かせる。

「閣下の考えの上での行動であれば、お二人を見守るべきだと思います。ですが、リル様を助けたほうがいいのではないかという気持ちも芽生える。ですので、対処法を決めておきたい！」

「……対処法か」

「閣下に任せていいのか！　それとも止めたほうがいいのか！」

「僕も一緒にいるとき、どうしたらいいですか？」

『うーん……』

騎士たちがそれぞれ悩まし気な顔をする。

すうと、これまで黙っていたゴランが口を開いた。

「……お二人のことに、いろいろ口出すのは違うと思う。が、閣下の行動にリル様が追いついていないのではないか」

『おお……』

その言葉に騎士たちが感嘆の声を漏らした。

「閣下は今、考えて行動していますか？　それとも衝動ですか？」

ゴランの落ち着いた声に自分を振り返る。

シェリルに触れたいと思う。口づけたいとも。抱き寄せて、そのまま放したくない、と。

「……衝動だ」

ゴランに聞かれ、自分の気持ちを思い返せば、すぐに言葉が出た。

考えて行動していることもあるが、シェリルのかわいさを前にしたとき、深く考えずに行動に起こしてしまっている。

これを『衝動』と言うならば、まさにそうだ。

「いいじゃないッスか、衝動！　オレは衝動って好きッスけどね。好きなんだから、考えるより先に動きたいときってあるじゃないッスか！」

エドが俺の答えに歓声を上げる。

ジャックとマチルダは「わからない……」と顔を背けていた。

「……でも、ゴランさんが言うように、リル様はそれについていけないかもしれないってことですよね」

コニーが心配そうに言葉を告げる。

エドはそれに「でもなー」と眉根を寄せた。

「お二人は夫婦なんだし、いいんじゃないッスか。なんとかなるのでは？」

「逆だ。夫婦だからこそ、焦る必要がないだろう」

エドの言葉にゴランが落ち着いた声で返す。エドはそれに「おー……！」と大げさに頷いた。

「さすが妻子持ち。余裕があるッス……！」

「茶化すな」

エドがゴランの肩を組むと、ゴランがそれをめんどくさそうに受け入れた。

そして、俺を見る。

「閣下はどうしたいですか？　閣下次第です」

「俺は……」

シェリルとどうなりたいのだろう。

衝動のまま、シェリルを強引に手に入れることがしたいのだろうか。シェリルの戸惑いをそのままにして……。

「俺はシェリルを尊重したい」

そう。出会ったときから、それは変わらない。

「シェリルは、ずっと自身の気持ちを蔑ろにされ、生家で暮らしていた。それが当然だったから、我慢することに慣れてしまっている。……けれど、シェリルは意思がないわけではない。ゆっくりと待っていれば、自身で考え、答えを見つける。そして、まっすぐに俺へと返してくれる」

俺の言葉を真剣に聞き、考えるシェリルが好きだ。

きっと人よりたくさん考える性質が元よりあったのだろう。

好きなものが増えたと輝く瞳を大切にしたい。ゆっくりと自分の世界を広げていくシェリルがとても愛しく、そのままでいてほしいのだ。

「シェリルの歩調に合わせる」

ゴランの言った通りだ。夫婦だから、焦る必要はない。

そして、夫婦だからこそ、片方だけの感情で押し流されるのではなく、二人で合わせて生きていきたいと、俺は思うから。

「俺も自制するつもりだが、それでもみながいるときにシェリルが戸惑っているようであれば、止めてほしい」

「わかりました。では、今日のようにリル様が困っているようであれば、これからも助けに入ります」

「ああ、頼む」

マチルダがほっとしたように息を吐く。

きっと、今日のことも、止めてよかったのかどうか悩んでいたのだろう。

「シェリルのそばにいるマチルダが止めてくれるのならば、シェリルの気持ちを置いていくこともないだろう」

「うんうん！　マチルダさんなら安心だね！」

「私だけではわからないことが多いから、コニーも頼むぞ」

「任せて！」

マチルダとコニーが頼もしい。

これならば、俺がシェリルのかわいさを前にして止まれなくなったとしても、大丈夫だろう。

ほっと息を吐くと、目の前に座っていたジャックがじっと俺を見据えていた。

「二人に任せて安心するだけではいけませんよ、閣下」

まるで俺の心を読んでいたかのような言葉に、思わずぴくりと片眉が上がる。

そんな俺を見て、ジャックはさらに言葉を続けた。

「閣下自身も自制が必要ですからね。リル様のかわいさに翻弄されず、閣下も控えてください」

「……努力する」

ジャックの圧のある言葉。俺は神妙に頷いた。

第二話　王宮にて

王宮に行くことが決まり、準備は急いで進められた。

王宮へ行くのは私とハイルド様、ロンロン。そして、護衛のためにマチルダとコニーが付いてきてくれることになった。

旅程は馬車で一週間。途中の街で宿を取りながらの旅だ。

何度か王都へ行ったことはあるので、旅自体はそれほど大変ではない。が、今回はロンロンがいるので、いつもよりはすこし大変だったと思う。

ロンロンはなぜか私とハイルド様の真ん中で眠るのが好きなため、宿も二人で一室を借りることになったのだ。

旅に出る前にハイルド様と話をしていたため、ハイルド様が眉間に皺を寄せていても、それが不快だからではなく、緊張をしているためだとわかる。

ときどき、ハイルド様のキスやスキンシップが私の思っているものより多いことがあったが、そんなときはマチルダやコニーがすかさず助け出してくれた。

そうして一週間後、私たちは王都へ着き、王宮へと入った。

「ハイルド、待っていたぞ」

王宮に着いた私たちを出迎えたのは、満面の笑みを浮かべた国王陛下だった。

国王陛下は肩ほどで揃えた金色の髪と青い瞳の美丈夫だ。

名前はラグリー・フィリ三世＝アレノックス。人々にはフィリ三世陛下と呼ばれている。親しい人は名前である「ラグリー」のほうで呼ばれているようだ。

国王陛下はハイルド様に挨拶したあと、私を見て、微笑む。

「ナイン辺境伯夫人もよく来てくれた。エバーランド伯爵領地について、さらに聞き取りたいことをリストアップしてあるから、また聞かせてくれ」

「……いい加減にしろ、ラグリー。シェリルに手間を取らせるな」

国王陛下の言葉をすぐにハイルド様が却下する。にべもない対応だが、国王陛下ははははっと笑い飛ばした。

「できるだけ手間取らないよう、リストアップしたのだ。抜かりはないぞ」

「そもそもシェリルの手を借りることを前提にするな、という話だ」

「それは無理だな。ほかの方法を取るより、ナイン辺境伯夫人に聞くのが一番早いのだから。闇豹の観察記録も見た。素晴らしいではないか！」

国王陛下はそう言うと、美しい金色の髪を手で払った。

ハイルド様は幼馴染と言っていたが、こうして話をしている場面を見ると、その言葉通り、二人に気安さを感じる。

　私が見る国王陛下はいつも笑顔で、どこか人を食ったような態度を取っていることが多い。ハイルド様の前でもそれは変わらないが、国王陛下の目はハイルド様といるときは楽しそうに輝いていると思うのだ。

「で、それが魔物か」

「ああ。種類で言えば『闇豹』と呼ばれているものだ」

　王宮の一室。国王陛下が人払いをし、選ばれた数名しかいない部屋の中で私たちは対談していた。

　マチルダとコニーは部屋の外で待機している。

　さすがに王宮の一室だけあって、内装はとても豪華だ。

　天井には絵が描かれており、壁には灯りのための金の燭台がついている。調度品は質の良さそうな木が使われており、磨かれ、窓からの光を弾いていた。

　臙脂色のソファは金糸で模様が入っており、足に使われている木材も深い茶色に輝いている。

　どこもかしこもぴかぴかで、毎回のことながら慣れない。

　国王陛下は一人掛けのゆったりとしたソファに腰を掛け、うしろには二名の騎士が立っている。

　私とハイルド様はその対面の一人掛けソファへとそれぞれ座っていた。

　ロンロンは私の膝の上で丸くなっており、国王陛下が興味深そうにその姿を見ている。

「闇豹とは黒色ではなかったか？」

「ああ。なぜかはわからないがコイツは見つけたときから白かった。地下迷宮から出て、ほかの黒い闇豹に囲まれていたな」

「ほう。魔物でも仲間意識があるのか？　それから外れると弾くのであれば、面白いな」

「理由は知らない。たまたまその場面に遭遇した。すると、黒い闇豹がこちらを襲ってきたのだ。コイツはこちらに飛び掛かってきた闇豹を止めるような素振りをし、俺たちに懐いた」

「で、斃《たお》すのもためらわれたということか？」

「ああ。今のところ、なんの害もないからな」

国王陛下の言葉にハイルド様が頷く。

国王陛下はハイルド様の言葉を受けて、ロンロンをしげしげと眺めた。そして、手を広げた。

「うむ。たしかに危険性はなさそうだ。ナイン辺境伯夫人、私にも見せてくれるか？」

「……あの、すこし、この子に聞いてみてもいいでしょうか？」

「聞く？　魔物にか？」

「魔物共通ではないだろうが、コイツは人間の言葉を理解しているようだ」

「ほう、そうか！　それはいいな！　ぜひ今、ここで見せてくれ」

私の言葉に不思議そうにしていた国王陛下が、ハイルド様の話を聞き、その青い目を輝かせる。

ロンロンに語りかけるところなど特に見ても面白いものはないと思うが、国王陛下の興味を惹いたのであれば、それはそれでいいのだろう。

ロンロンを国王陛下に見せるにしても、ロンロン自身にも説明しておいたほうがいいと私は思うのだ。

「ロンロン、すこしいいですか」

丸くなっていたロンロンのふわふわの毛皮をそっと撫でる。

ロンロンは「なあに？」というように、赤い目で私を見つめた。

「ロンロンのことを見たいと言う人がいるのです。すこしだけ預けても構いませんか？」

「……キャウー？」

私の言葉にロンロンはむーんと目を眇めた。あまり乗り気ではないらしい。

「ロンロンと私たちがともに暮らすためなのです。お願いします」

「……キャウ」

ロンロンはしばらくむーんと考え込んでいたが、小さな声で鳴くと、私の膝から降りる。

そして、自らとてとてと国王陛下に近づいていった。

「ははっ！　これは面白いな！　魔物というのはこんなに知能が高いのか？」

「キャウ」

ロンロンは国王陛下の前まで来ると、絨毯の上でスッと座る。

「さあ、見ろ」と言わんばかりの態度だ。

国王陛下はそんな様子のロンロンに声を立てて笑うと、席を立ちロンロンの隣へと屈む。そして、じっと見つめた。

「ふむ、やはり猫科の動物と変わらないな。触ってもいいか？」

「ロンロン、触ってもいいですか？」

「キャウ」

「いいと思います」

ロンロンの返事を聞き、大丈夫そうだったので国王陛下に目配せをする。

国王陛下はそっと手を出すと、すこしだけロンロンの背に触れた。

そして、すぐに手を離すと、ソファへと戻る。

「うむ、もういいぞ。どうやら本当に害はなさそうだ」

「お前がもっと構えば、手を噛むぐらいはしただろうに」

「ははっありえる。だが、それを差し引いても、よく慣れた動物と一緒だろう。よく見せてくれた。魔物の飼育については俺から言うことはとくにないな」

国王陛下は鷹揚に頷くと、ゆったりと手を組んだ。

どうやらロンロンについてはこのまま辺境伯領へ連れて帰り、ともに過ごしても問題ないのだろう。

「ロンロン、ありがとうございました。もういいそうです。こちらへ帰って来てくれますか」

「キャウ！」

ロンロンが私の言葉を聞き、元気に声を上げる。

そして、とてとてと小走りで私のもとに駆け寄ると、ぴょんと膝へと飛び乗った。

「たしかにこれは、ナイン辺境伯夫人の言葉を理解しての行動としか思えんな。こちらの言葉が通じること、ナイン辺境伯夫人とお前に懐いていることも興味深い」

「普段は動物と変わらない。話がわかっているようではあるが、俺やほかの者の言葉を聞くわけではないぞ。シェリルだから聞いているように思う」

「ふーん、なるほどな」

国王陛下はそう言って頷くと、「では」と組んでいた手を広げた。

「この闇豹を見て、ほかの貴族たちが魔物を飼いたいと言い出しても困る。魔物については国への報告と許可がいることにするぞ」

「ああ。ほかの魔物が懐くとは思わないが、それが安全だろうな」

国王陛下の言葉にハイルド様が頷く。

二人の話からすると、ロンロンと過ごすことは構わないが、それを見た人たちが同じようにしたいと言い出すと困るということだろう。

たしかにロンロンはとてもかわいいが、魔物は危険だ。

私自身、木の魔物に襲われて命を落とすところだったし、闇豹もロンロン以外はこちらに敵意を向けていた。

だれもかれもが、ロンロンのような魔物と暮らせるわけではないのだ。

「許可の条件は……。そうだな、魔物を言葉で制御できること、他者が触れても攻撃姿勢を見せないこと、人間への害がないこと。とりあえずはこれぐらいにしておくか」

「そもそも魔物は辺境伯領の地下迷宮にしかいない。ほかの者が出会うこともないだろう」

「こうして私に見せたのだ。道理を通して許可を得たと言うほうが、お前やナイン辺境伯夫人、闇豹にもいいだろう。許可証を作るから、それまでここに滞在しろ」

「……もう用は済んだだろう？」

「動物学者も呼んであるのだ。そちらにも見せてくれ。許可証を作るにも調整が必要だ」

「できるだけ早くしろ」

「わかっている。まあ、せっかく来たのだから、すこしぐらいはいいだろう？　俺の相手もしてくれ」

「ごめんだ」

「ははっ！　そう言うな。私はお前といると楽しいからな」

「俺は楽しくない」

国王陛下の言葉にハイルド様は嫌そうに眉を顰めた。けれど、国王陛下はまったく気にせず笑い飛ばす。

どうやら今回の謁見ですべてが終わるわけではなく、諸事が残っているようだ。

ハイルド様はため息を吐くと、「それでは」と話を切り出した。

「すぐに帰れないのならば、見たい場所がある。許可をくれ」

「お前から私に用があるとは珍しい。なんだ？」

「シェリルが本を読みたいらしい。王宮の書庫を使わせてほしい」

「ほう、ナイン辺境伯夫人は本が好きか」

国王陛下が私を見る。

私はそれに「はい」と頷いた。

「伯爵家でも本をたくさん読んでいました。ハイルド様のもとへ嫁いでからも、ハイルド様のご厚意で書物を読んでおります」

「ナイン辺境伯夫人は勉強家なのだな。たしかに伯爵家のことを聞く際にも、さまざまな知見を披露してくれる」

「……もったいないお言葉です」

「うむ。美しく、心も素直であり、知識も豊富。ハイルドはいい妻を娶ったな！　私のおかげだ」

国王陛下がにんまりと笑ってハイルド様を見る。

ハイルド様はまたため息を吐くと、「わかっている」と呟いた。

「シェリルとの出会いはお前のおかげだ」

「そうだろう、そうだろう」

国王陛下はハハハッと笑って、鷹揚に頷いた。

「書庫の許可は出す。これに時間はかからん。私の許可が出たと書庫の司書に伝えておこう。ナイン辺境伯夫人、またなにか面白いことがあれば私に話を聞かせてくれ」

「はい。許可をいただき、ありがとうございます」

礼を述べると、国王陛下はまたにんまりと笑ってハイルド様を見た。

「ほら、ハイルドも私に礼を言っていいぞ」

「……助かる」

「うむうむ！」

ハイルド様は嫌そうに返事をしたが、国王陛下はそれで満足らしい。

高らかに笑って、楽しそうだ。

「時間はあまり取れないが、もうしばらく話をしようではないか！」

「魔物のことが終わったならば、俺はお前と話すことはない」

「冷たすぎるぞ、ハイルド。常に国政に真剣な私に対して、もっと労いがあってもいいのではないか？　ん？」

「……国政については俺が言うことはない。ただ、お前はそれ以外がどうしようもないだろう。自分を省みろ」

「それは違うぞハイルド。面白くも楽しくもない国政をしっかり務めているからこそ、それ以外のことは楽しくしようとしているだけだ」

国王陛下が口を尖らせる。

すると、コンコンとノックの音が響き――

「だれだ？　ここは人避けをしているはずだ」

――これまでののんびりした空気が一転し、国王陛下の目が厳しく光る。

扉付近に待機していた騎士がノックをした人物を確認したようで、国王陛下のそばへと近づいていった。そして、そのまま耳打ちをする。

きっと、訪れた人物の名を国王陛下に伝えているのだろう。

国王陛下はその名を聞いたようで、不機嫌そうに眉を顰めた。

「――陛下、陛下はこちらにいらっしゃるのでしょう？」

その瞬間、扉から声が届く。涼やかな女性の声だ。

「陛下はわたくしが会いたいと言えば、いつでも会ってくれるとおっしゃいました。どこの騎士か知りませんが、わたくしを止めるのは陛下のお心に背くことになりましてよ？」

女性の声にはトゲが感じられる。

どうやら、扉の外で騎士に止められていることを不服に思っているらしい。

その声は国王陛下まで届いており、国王陛下はため息を吐くと、騎士へと指示を出した。

「入れろ」

「はっ」

「ハイルド、ナイン辺境伯夫人、すこし騒がせる。許せ」

国王陛下の指示により、扉が開かれる。

そうして入ってきたのは、一人の女性だった。

水色の波だった美しい髪が目を惹く。たおやかな体の線とやわらかな雰囲気の思わず見惚れてしまうような美人だ。

私の妹、メリルもとても美しかったが、彼女は少女らしい愛らしいものを好んで着ていたように思う。

それと比べると目の前の女性は女性的なラインが強調されるような服装をしていた。

髪と同色の目が国王陛下を見つけ、おっとり魅惑的に笑む。

「ラグリー陛下、こんなところにいらしたのですね。会いたくて探してしまいました」

涼やかな声はそのままだが、扉の外で聞こえていたようなトゲは感じない。むしろ、甘く艶やかなものになっていた。

国王陛下を「ラグリー陛下」と呼ぶのは、親しい者だけだと聞いている。

つまり、この女性は国王陛下と近しい関係になるのだろう。

「ハイルドとナイン辺境伯夫人と話をしていた。大切な話だから人避けをしていたのだ」

「そうだったのですね。わたくしはラグリー陛下が新しい女性を探しているのかと、すこし焼いてしまいましたの」

「ハハハハッそうか」

女性はそう言うと甘えるように国王陛下にすり寄った。

国王陛下も扉を開ける前の不機嫌さはなりを潜め、自然に笑っているようだ。けれど、さきほどハイルド様と話していたときのような、楽しさやうれしさはあまり感じられず……。

「心配せずとも、ハイルドと話をしていただけだ。これでセレナーデもわかっただろう？」

「ええ、そうですわね」

女性はそう言いつつも、ハイルド様と私に素早く視線を走らせた。

ハイルド様に国王陛下にしたように、おっとりと魅惑的に笑む。そして、私へはどこか冷めたような、敵意のある表情をし、見せつけるように国王陛下の手を取った。

「もう、お話は終わっているようですね。わたくしともお話ししてくださってもいいのでは？……二人だけで」

「ハハッ、そうだな」

国王陛下はそう言うと、ソファから立ち上がった。

「騒がせた」

そして、騎士を連れて部屋から出て行く。

女性――セレナーデと呼ばれていた――は最後にまたハイルド様におっとりと微笑むと、そのまま部屋を出て行き……。

「……本当にまったく自分を省みていないようだな」

国王陛下と騎士、女性がいなくなった部屋で、ハイルド様はやれやれと息を吐いた。

「ハイルド様、あの方は国王陛下の妃様でしょうか」

国王陛下と女性はどう考えても、そういう関係に見えた。

だが、一度、挨拶した正妃様はあの方ではなかったのだ。

不思議に思い聞くと、ハイルド様は眉間にしわを寄せ、教えてくれた。

「あれは愛妾《あいしょう》だ」

「愛妾……」

「正妃は別にいるが、アイツはそれだけでは足りず、愛妾を囲っている」

「正妃様は知っておられるのですか……？」

「ああ。公認というわけではないが、あいつが王宮に愛妾を連れ込んでいることは知っているだろう。正妃はこども二人を連れて、離宮で暮らしているはずだ」

「……そうなのですね」

ハイルド様の言葉に、私は胸がぎゅうと痛むのを感じた。

貴族の結婚とは得てしてこういうものだ。

家同士の繋がりのためにすることが多く、お互いの気持ちはあまり優先されない。そして、離縁することもできない。

そのため、夫と妻がそれぞれの領地での役割を果たしてさえいれば、男女関係については咎められないことが多いのだ。

貴族がそうなのだから、王族である国王陛下とそこに嫁いだ正妃様がそのような関係であってもおかしくはないだろう。

「しかもあいつは愛妾をとっかえひっかえしている。昔からやめろと言っているが、まったく響かない」

「では、今の愛妾といっても、今後もそれが続くということではないのですね……」

「ああ、だからこうしてこの部屋まで来たのだろう。あいつが人払いをしてだれかと会っていると聞き、不安を抑えられなかった」

……私はきっとまだ『恋』や『愛』についてわからないことだらけなのだろう。

女性が私を見たあの目。だれかを取られたくないと思ったとき、人は相手に敵意を持ってしまう。当たり前のことだ。

私は……。私はどうなのだろう。

もし、ハイルド様がほかの人を好きになったら……私は……。

「シェリル」

一人で考え込んでいると、落ち着いた温かな声がかけられる。

そちらを向けば、金色の眼が優しく細まっていて……。

「俺は貴族同士の結婚についてはあまり好ましく思っていない。建前だけで結婚をし、気持ちは別の相手と結ぶ。……俺はそういうことが嫌だった」

「……はい」

「俺はシェリルを愛している。これまでも、これからも、シェリルとの結婚を続けながら、ほかの女性に気持ちが傾くことは決してない」

「……っはい」

痛かった胸が、強張っていた指が、ハイルド様の言葉に解されていく。

ハイルド様は国王陛下と正妃様の関係を聞き、不安になった私に気づいてくれたのだ。

……もし、そうなったらどうしよう、と。

想像しただけで、胸が張り裂けそうだった。

「私も、です」

だから、そっと言葉に出す。胸にある不安を見つめながら。

「私の心もハイルド様で満ちています」

だからこそ。……この不安はなくなることはないのだ。

だれかを好きになった、愛してしまった私は、それを失うことを恐れている。

この不安が、だれかを好きになるということでもあるのだろう。

「シェリル、口づけしてもいいか？」

「……はい」

ハイルド様がソファから立ち上がり、私に近づく。

屈んだハイルド様の顔が近づいてきて、私はそっと目を閉じた。

――唇が触れる。

すると、胸がふわっと軽くなるのがわかった。

失うことへの不安はなくなることはないけれど、こうして言葉を交わし、触れ合えば不安を優しく包むことができる。

そして、優しく包まれた不安はふわふわと漂って、ゆっくりと私に溶けていくのだ。

「ハイルド様、大好きです」

ゆっくりと離れていくハイルド様を見上げ、ふふっと微笑む。

すると、ハイルド様はぐっと息を呑んだあと、天を見上げた。

「自制だ。……自制」

ハイルド様はぶつぶつと呟き、なにかをこらえているようだ。

そこにコンコンと控えめなノックの音が響いた。

「閣下、大丈夫そうですか？」

「閣下ー！　ちゃんと止まってますかー？」

「……問題ない。入ってくれ」

どうやら扉の外に待機していたマチルダとコニーは国王陛下がいなくなったあと、こちらを気にしてくれていたようだ。

ハイルド様の言葉で、マチルダとコニーが部屋へと入ってくる。

すると、膝の上にいたロンロンがぴょんと飛び降りた。

そして、マチルダとコニーが入ってきた扉とは反対の壁へと近づいていく。

「どうしたんだ？」

「なにか気になるものでもあったの？」

マチルダとコニーが遠ざかるロンロンに声をかける。

だが、ロンロンはそんな二人を気にすることはなく、どうやら壁まで近づくと、前脚をかけて立ち上がった。そして、なにかを嗅ぎとろうとするように、ふんふんと鼻を鳴らす。

「キャーウ」

「ん？　なんだ、これか？」

マチルダがロンロンに近づき、ロンロンが興味を示していたものを示す。

それは壁に掛けられている短剣だ。鞘には豪奢な彫りが施され、柄と鍔は金でできているようだ。飾られているのも納得できる。とてもきれいだ。

どうやらロンロンが気にしていたのはそれだったらしく、「キャウキャウ」と鳴いた。

「飾られている剣が気になるのでしょうか。でも、剣は遊び道具じゃないからなぁ」

マチルダが「うーん」と悩んでいる。

「ロンロン、剣はロンロンには危ないかもしれません」

「……キャウ！」

ロンロンはしばらく剣を見上げていたが、諦めてくれたらしい。

その内に絨毯の上をタタタッと走り始めた。王宮でも変わらず元気だ。

「部屋へ帰ろう。あいつも帰ったし、もういいだろう」

ハイルド様に従い、国王陛下と会うために用意された部屋を出て、滞在するために用意された客室へと移動する。

客室は大きな部屋が二つと小さな部屋が二つ。

ハイルド様と私の部屋は広く、執務室と応接室、寝室の三部屋で構成されていた。そして、執務室には扉が付いており、そこから小さな部屋へと続いていた。

ここが従者の部屋になっていて、従者の寝室となっている。従者の部屋は廊下にも扉があるが、主人の部屋に廊下に出なくても行けるようになっているのだ。

辺境伯領にある屋敷と違い、ハイルド様の寝室と私の寝室に繋がっている扉はない。

与えられた部屋に戻り、私は応接室のソファに座っていた。

慣れない場所で国王陛下と会い、ロンロンのことを話すのはやはり緊張していたようだ。

ゆっくりとしていると、廊下に繋がる扉がノックされた。

「ハイルドだ、今いいか？」

「はい」

急いで扉へと向かい、ハイルド様を招き入れる。

ロンロンはハイルド様についていったのだが、今はいないようだ。

「ロンロンは今、俺の部屋でマチルダとコニーに見てもらっている。しばらく絨毯の上を走っていたが、今は疲れて眠った。この間に、王宮の書庫へ行ってみるか？」

ハイルド様の提案にぱちぱちと目を瞬く。

たしかに国王陛下は書庫へ行ってもいいと言っていたが、もういいのだろうか。

「今、連絡があった。書庫の司書には話が通ったらしい。王宮への滞在も長いわけではないから、早いほうがいいだろう、と」

女性と出て行った国王陛下だが、私たちの要望は素早く通してくれたようだ。

ロンロンを見せるという務めは果たしたため、許可証が出来次第、王宮を発つことになるだろう。

ならば、できるうちにしたほうがいいはずだ。

「行きたいです」

王宮の書庫がどれぐらいのものかはわからないが、とにかく一度見に行ってみたい。

そう思い答えると、ハイルド様がふっと笑った。

「シェリルの目が輝いているな」

「……楽しみです」

私のわくわくが伝わってしまったようで恥ずかしいが、本当のことなので仕方がない。

ハイルド様は王宮の地理に詳しいようで、書庫までスムーズに案内してくれた。

王宮の一階の一番奥の部屋。深い茶色の扉に金色の鍵が付いている。

今は解錠されているようで、ハイルド様は構わず扉を開けた。

ハイルド様とともに扉を潜《くぐ》り、中へ入る。そこは――

「わ……ぁ」

――瞬間、歓声が漏れた。

「すごい……」

壁一面にぎっしりと本が詰められている。

それだけではなくて、一部は二階まで吹き抜けになっているようで、階段を登れば二階部分の本棚へも行けるようになっていた。

広さも十分。ここにあるのがすべて本なのだ。

「ここに司書がいる。王宮に滞在中はシェリルだけで来ても入れるようになっている。……だが護衛はつけてきて欲しい。俺かマチルダと一緒にいてくれ」

「はい」

広大な書庫に驚き、固まってしまった私をハイルド様がゆっくりと導いてくれる。

扉のすぐ左手にはカウンターがあり、そこには三人の男性がいた。どうやら彼らが司書のようだ。

「国王から話は聞いているだろう。彼女がここを利用する。力になってくれ」

「ひっ」

「は。ひ、」

「ひゃぁー！」

三人の男性はハイルド様の言葉に顔を青くして、おどおどと下を向く。

最後の一人は悲鳴を上げて、どこかへ走っていってしまった。

「ハイルド様……？」

わけがわからず、ハイルド様を見上げる。

ハイルド様は「はぁ」とため息を吐くと、申し訳なさそうに私を見た。

「俺は怖がらせてしまうようだ。シェリルだけのほうがいいかもしれない。ここも俺が案内できればいいのだが、書庫の中は不慣れだ。俺はあちらで待っているから、自由に見て回ってくれ」

ハイルド様はそう言うと、カウンターから離れた、小さな窓の近くのソファを示した。どうやらあそこで待ってくれるようだ。

「いいのですか？」

「ああ。俺も適当に本を読むから、俺のことは気にしなくていい。帰りに声をかけてくれ」

「はい。……ありがとうございます」

ハイルド様は私が本に熱中すると、周りを気にしなくなるのを知っている。

辺境伯領の屋敷でもよく本を読んでいて、ハイルド様はそんな私を急かすわけでも、厭うわけでもなく見守ってくれているのだ。

書庫まで案内したあとは、私の好きにさせてくれるつもりだったのだろう。

ハイルド様にお礼を言うと、ハイルド様は優しく笑って私の頭を撫でたあと、示したソファへと近づいていった。

私はそれを見届けたあと、司書へと向き直る。

一人はいなくなってしまったから、あと二人。顔色は青く、手は震えている。

手伝いを頼むのも気が引けるが、さすがにこの量の本を前に、目当ての本を一人で探すのは無理だ。

「あの……」

「っ、は、はい！」

できるだけ驚かせないよう、ゆっくりと話しかければ、一人が返事をしてくれた。

ハイルド様の言う通り、私一人だけのほうがまだ大丈夫なようだ。

「本を探しているのです」

「は、い、はい。聞いております。フィリ三世陛下から、ナイン辺境伯夫人がいらっしゃる、と」

「はい。私がそうです。シェリル・ナインと申します。王宮へ滞在する期間は短いのですが、書庫の本を読みたいと思っています」

「あ、これはご丁寧に……。はい、申し訳ありません、はい、なんなりと」

司書の顔色は青いままだが、会話はできそうだ。

「魔物や地下迷宮、……あと魔法道具についての本はありますか？」

「魔物っ⁉」

「地下迷宮に魔法道具……っ？」

私の言葉に司書二人は驚いたようだった。

二人で顔を見合わせている。

「あ、本がないのならば、この国の歴史でもいいのですが……」

二人の反応から、聞いてはいけない話題だったのかもしれない、と目的を変える。

すると、二人は「いえいえ」と首を振った。

「ここは王宮の書庫ですっ。ほぼすべてのものを網羅していま、す」

「こちらですっ」

そう言って、司書のうちの一人が先導し歩き出す。

慌ててついていけば、そこは一階の書庫の一番奥。ほぼだれも来ていないようで、どことなく空気の淀んでいる一角に本が並んでいた。

司書は私をそこへ案内すると、カウンターへと戻っていく。カウンターにはたくさんの本が並んでいたから、整理をしたり、中身をたしかめたりと忙しいのだろう。

私は本を前に、よし！　と胸の前で拳を握った。

これだけの本があるのだ。きっと私の興味を惹くものがあるはず……！

そうして、私は本を手に取り、一冊ずつ読んでいった。

さすが王宮の書庫。司書が言ったように、ここにしかない本がたくさんあるのだろう。伯爵家にも辺境伯家でも見なかった本ばかりだ。

だが、どれもなぜか内容が深まらない。

――魔物は地下迷宮に棲んでいる。地下迷宮から出てきた魔物は辺境伯が退治する。魔物は魔塵になる。

それだけ。どの本も同じような記述で、その文章だけが取り出されて、貼り付けられているかのようなのだ。

司書が案内してくれた一角。その中で魔物や地下迷宮の記述があったのは十冊程度。その記述はまったく同じだった。

これは……検閲されているのではないだろうか。

「……魔物も、地下迷宮も。意図的に隠されている？」

たどりついた答えを呟く。

だとすれば、それはなぜなのだろう。

魔法道具については、まったく記述がなかった。

マチルダが商家で取り扱っていたと言ったが、それは「不思議なアンティーク品」としてだけだ。

　ハイルド様だけがそれを「魔法道具」だと呼んでいて……。

考えながら、さらにもう一冊の本を手に取る。

本を開けば、なにかがパラリと落ちた。

「あ……」

古い本だから、ページが抜けてしまったのかもしれない。

慌てて拾えば、それは本のページではなく、薄い冊子のようだった。

ぼろぼろの三枚の紙。羊皮紙のようで、劣化が激しい。茶色く滲み、端は千切れてしまっていた。糸綴じされた場所も朽ちていっているようで、読むために広げるだけで精いっぱいだ。

そこに書かれていたのは――

「『魔法』……？」

――魔法について。

「……魔物は昼夜関係なく暴れ、人を襲う。……ただの剣だけでは勝てない。魔法を使う必要がある」

……これは、だれかが書いた作り話だろうか。

魔物はたしかに恐ろしいが、地下迷宮から出てくることはほぼない。午後から夜間にかけてしか動かないはずだ。

そして、『魔法』は存在していない。

「魔法は……、魔力が強い者が使える。魔力の強い者は一目でわかる。見つけた場合はすぐさま教育を施し、魔物と戦うべく育てなければならない。それだけが、人間が魔物に勝つ方法なのだ」

なんとか読めたのはそこまでだった。あとはもう朽ちていて読むことはできない。

これはただの作り話。ほかの部分が読めなくなってしまっただけで、架空の物語の一節だとしてもおかしくない。

だが、年代物の羊皮紙とそれが王宮の書庫にあることで、これがただの空想の物語ではないように感じられた。

ロンロンと実際に暮らしている今、魔物が普通の生き物と違うということがよくわかる。

排泄をせず、食べ物も必要ない。昼夜関係なく暴れると記述してあるこの書のほうが魔物の本来の姿なのではないか。

「……なぜ、魔物は地下迷宮にいるのでしょう」

思い当たった疑問に、なぜか胸が騒いだ。

この国で暮らす人々は魔物のことを知らない人も多い。

魔物の森の近くに暮らす人々は魔物に襲われることがあるため知っているが、そこから離れれば、とくに知らなくても問題ないからだ。

珍しい動物がいる。その動物はそこに暮らす人々にとっては当たり前であり、そこから離れれば知らない。魔物はそんなものとして存在している。

だがそれは、魔物が地下迷宮に留まっているからだ。

もし、魔物が地下迷宮から出て、どこにでも行けるようになれば、この国に暮らす人々はとても困るだろう。

この書に書かれているように、人々は魔物と戦うことを余儀なくされるはずだ。

魔物に襲われた私だからわかる。

木の魔物や闇豹。それらに襲われたら、普通の人であれば手も足も出ないだろう。

……ハイルド様だから。

ハイルド様の強さがあったからこそ、私は生き延びることができたのだ。

一人、考え込む。

ここにある本は明らかに検閲されていた。魔物や地下迷宮についての見解が一つに統一されている。

――魔物は地下迷宮にいる。地下迷宮から出ない。

それが必ず守られる制約かのように……。

私もそれを当然のように考えていた。辺境に暮らす人々でさえ、それを当たり前だと受け止めているだろう。

人々は地下迷宮から出て、魔物の森に迷い出た魔物だけを斃せばいいのだ。そして、その魔物を斃すためにハイルド様や騎士たちは日々を過ごしている。

「魔物は……本来ならば、どこへでも行けるのかもしれません」

……だって、ロンロンはここまで来ることができたのだ。

考えれば考えるほど、自分の固定概念が崩れていく。

この固定概念を作っていったのは、この検閲された本たちだ。私がこれまで読んでいた本も同じ見解を載せていたのだから。

そして、この冊子は古い本に紛れ、たまたまそこから漏れてしまったのだろう。

だとすれば、この概念を作り上げ、固定しているのは——この国だ。

「シェリル」

「っ、ハイルド様」

考え込んでいるところに声がかかる。

驚いて、思わず手に持っていた冊子を落としそうになった。慌てて手に戻して、ほっと息を吐く。

「もう夕方だ。夕食の前に戻ろう、と声をかけにきたんだが、驚かせてしまったな」

「いえ、私は今、……これを読んでいて、その……こんなことがあるのだろうかと考えていたのです」

「これは？」

「本に挟まっていました。……ほかの本はどれも同じことしか書かれていませんでしたが、これだけはすこし違ったのです。……ハイルド様はどう思いますか？」

「……なるほど、これがここにあったのか」

ハイルド様はそう言って、ふむと考え込むようにした。

その反応でわかる。ハイルド様はこの話を知っていたのだ、と。

「ハイルド様は魔法や魔物について知っていたのですね」

「いや、俺が知っていたのは魔物についてだけだ」

ハイルド様はそう言うと、金色の眼を光らせた。

「周りの者たちが俺を怖がる。俺を魔物だと。たしかにその通りだ」

没頭していた私は気づかなかったが、ハイルド様の言う通り、もう夕暮れになってしまっていた。

書庫に配置された燭台に火が入っている。

書を傷めないように小さく取られた窓からは斜めに日が差し込んでいた。

暗い書庫の一角に朱色がゆらゆら揺れる。

「……ハイルド様？」

「――シェリル。俺は魔物と契約をしている」

幕間二　ハイルドの不安

俺は自分自身に戸惑っていた。

王宮の書庫で魔法道具を調べるといいのではないかとシェリルに提案したのは俺だ。

シェリルは書物が好きだし、新しいことを知ることが楽しいようだった。

シェリルの青と紫の目はいつもとてもきれいだが、うれしいことや楽しいこと、興味があることを見つけたときに、きらきらと輝くのが、俺は好きだった。

だから、今回もそんな風にシェリルの喜ぶ姿が見たかったのだ。それは間違いない。だが、どこかでそれを恐れてもいたのだろう。

「……まさか、こんな気持ちになるなんてな」

俺はシェリルがあの書物を読んでいると知ってから、シェリルと目を合わせることができないでいた。

突然、「魔物と契約している」と言い出した俺を、シェリルはどう思っただろう。

もちろん、シェリルにそれはどういうことかと聞かれた。

だが、俺はその質問には答えることができず、シェリルも俺の様子を見て、途中から二人の間に会話はなくなった。

……俺は今、シェリルを避けてしまっている。

シェリルがあの書物を読んでいると知ったとき、すぐにそれを取り上げたくなった。それ以上、なにも知らないでほしいと。

それは俺の自分勝手な考えだ。そんなものでシェリルの知りたいという欲求を封じるべきではない。

だから、俺の知っていることであれば伝えるべきだと思い、「魔物と契約している」と言ったのだ。だが、それ以上の説明をしようとすると、胸に痛みが満ち、言葉にすることができなかった。

俺は他人の言葉や態度をあまり気にしたことがない。それが、今はどうだろう。

シェリルがどのような表情をし、どんな目で俺を見つめているのか。

それを知るのが怖いのだ。

人に対して恐れるという感覚がなかった俺は自分に戸惑っていた。

シェリルに会うと苦しい。俺のことを話すのが怖い。そして、それを伝えることができないため、より苦しく、どうしていいかわからないのだ。

結果、夕食を摂ったあと、俺はシェリルに会うことができずにいた。

そして、今朝はロンロンを連れて、シェリルに会わないまま、早朝に出た。

向かうのは国王であるラグリーの待つ部屋。

ロンロンを連れているのは、これから動物学者に見せるためだ。

これで観察が終われば、許可が出て、俺とシェリルは辺境に帰ることができる。

「ん？　どうしたハイルド。お前がそんな表情をしているなんてな！」

ラグリーの待つ部屋に入った途端、うれしそうにそう声をかけられた。

なにが楽しくてこんな顔をしているのか、いつも理解に苦しむ。

ロンロンはシェリルがいないことに不満そうに俺の腕を齧っていたが、床に放せば適当に遊び始めた。

「動物学者はまだ来ない。わざわざこんな早朝にお前と話せるようにしたのは、二人で話すためだ。周りを気にせず話すがいい」

ラグリーがソファにゆったりと座り、こちらを見る。

どうしてこんな朝早くを指定したかと思えば、単に俺と話すためだったらしい。やはり理解に苦しむ。

「ナイン辺境伯夫人もともに来ていいと言ったのに、まさかお前だけで来るとはな。どうした？なにかあったか？」

青色の目がにんまりと細まる。

なにかが起こったことを察知し、楽しくてたまらないのだろう。

俺は一人掛けのソファへと座ると、ぼそりと呟いた。

「……シェリルを見ると苦しくなる」

「ほう！　お前がか！　情緒をどこかへ置いてきたお前が、まさかそんな言葉を！」

ラグリーが目を輝かせる。そして、感慨深げに頷いた。

「いいことだな。お前は落ち着いていると言えば聞こえはいいが、ただ考えてないだけだろう。で、だ。なにが苦しい？」

ラグリーに話す必要はない。だが、ここでなにも言わない場合は、しつこく何度も聞かれることになるだろう。

　俺はため息を吐くと、ゆっくりと話し始めた。

「……昨日からシェリルを見ると苦しくなる。原因は……俺自身もまだ断言できるものはない。ただ、きっかけはわかっている」

「ほう」

「シェリルが書庫で禁書を見つけてしまった。禁書が一般書に紛れ込んでいたようだ。……そこで、シェリルはきっと勘付いただろう。この国が隠していることを」

「……いや、待てハイルド」

　俺の話を聞いていたラグリーが眉根を寄せた。

「……言っていないのか？」

「ああ。……言う必要はない。シェリルには関係ないことだ」

「お前は一人で抱え込みすぎる男だと思っていたが、またそうやって自分だけで留めようとしていたのか」

俺の話にラグリーははぁぁあとわざとらしくため息を吐いた。

「ナイン辺境伯夫人が禁書を読んでしまった。ハイルドはその内容について隠していた。それがきっかけでお前は今、苦しいということか」

「……ああ。シェリルは聡明だ。……禁書は薄いものだった。普通の者ならばなにも考えないだろうが、シェリルであれば、これまでの固定概念で目を曇らすことなく、真実に辿り着いてしまうだろう」

そう。シェリルなら。

あの程度の内容でも、そこからなにが隠されているか感じ取ることができるだろう。……つまり、この国の隠れた歴史に。

「ハイルド。なにを怖がっている」

ラグリーはまっすぐに俺を見た。

「一般書に禁書が一つ交ざっていた。それを読んだナイン辺境伯夫人が真実に辿り着いてしまうかもしれない。お前はそれが怖いのか？」

「……ああ、そうだな。……そうだろう」

自分でもわかっていたことだが、はっきりと言葉にされると、自分の情けなさにまたため息が出た。

「俺は……。俺のことを知られるのが怖い」

「ハイルド、お前が一人で抱え込めばそれでいいと思っていたのだろうが、お前が隠していることは、辺境伯夫人になれば当然知らねばならんことだろう」

　ラグリーに言われ、ぐっと息を詰める。

「隠してなんになる。お前は辺境伯だ。そして、この国を支えている。私はそれを誇りに思う」

「……俺は思っていない。だが、その使命を嫌だと思ったことはない」

　俺には辺境伯としての使命がある。それを重荷に思ったことはない。だが……。

「……シェリルに知られ、怖がられることは辛い」

　いつも俺をまっすぐに見つめてくれたシェリル。

　あの青と紫の目が俺を見つけたときに、恐怖に怯えていたら……。

　それを想像しただけで、胸が握り潰されるように痛い。そして、その痛みが俺を怯えさせ、シェリルに説明すべき言葉も出てこなくさせてしまうのだ。

「ほう！　あの人間に興味がなく、ゆえに失うことにも無頓着だったお前がついに失う恐怖を知ったのか！」

「失う恐怖？」

「いいな、わかっていないところが最高に愉快だ」

　ラグリーはハハハッと笑うと、席を立った。

「ナイン辺境伯夫人がどう出るか、私が探ってこよう」

「やめろ」

「なんだ、勇気がないお前に代わってやろうというのに。もし、ナイン辺境伯夫人がお前の言うように真実を知り、お前の前から姿を消すのであれば、それを止められるか？」

「いや……」

「本来であれば、もっと最初に言うべきだっただろう。俺はてっきりすでにお前たちはその話をして乗り越えたのかと思っていたが……。面白い。お前がまさか言わずにいるなんてな」

ラグリーは冷静な目で俺を見る。

これに関しては俺には反論できる言葉はない。ラグリーの言う通り、もっと早くに言うべきだった。

ただ、俺の話であってシェリルには関係ないと思っていた。だから、話さなくてもいいと。

だが、それは俺が意識的にせよ無意識的にせよ、自身を守っての考えだったのかもしれない。

シェリルを放したくない。だから、自分に不利なことを伝えたくなかったのだ。

「……俺は逃げていただけだ」

小さく呟けば、ラグリーはポンと俺の肩に手を置いた。

「人間らしくていいじゃないか。だが、ナイン辺境伯夫人は今、一人でいるのだろう？　伝えるのならば早いほうがいい。お前にとってもあちらにとっても。時間は有限だからな」

顔を上げれば、ラグリーは優しく目を細めていて……。

が、次の瞬間、またいつも通りににんまりと笑った。

「つまり！　私が今から言って、ナイン辺境伯夫人が真実に辿り着く手伝いをしよう！　どんな答えを出すのだろうな。楽しみだな！」

「……やめろ。それは俺がやることだ。お前がやる必要はない」

「いいじゃないか！　私は今、興味しかないぞ！　私がやる！」

そのまま扉から出て行こうとするラグリーを止めようと立ち上がる。

すると、ラグリーはくるりと振り返り、「ああ！」とわざとらしく、頭を抱えた。

「もう動物学者が来る時間になってしまったな。やはり時間は有限。お前との歓談は愉快だったが、俺は行かねばならん」

瞬間、その言葉を待っていたように扉がコンコンとノックされる。

本当に動物学者が来たのだろう。

こいつのこういう有能さは発揮されなくていいときに、実に具合よく動くらしい。

「闇豹を動物学者に見せたとき、闇豹が暴れると困るだろうな。許可が与えられないかもしれない。お前がいれば問題ないだろうがなぁ。もし闇豹が暴れれば、許可は下りない。ナイン辺境伯夫人が悲しむぞ」

その言葉に足が止まる。その隙にラグリーは部屋を出て、入れ替わりで動物学者が入ってきた。

ラグリーを追いかけることができなくなった俺は、そのまま部屋に残り、ロンロンを動物学者に見せることとなった。

その間も過《よぎ》るのはシェリルのことだ。

……今、シェリルはなにをしているだろう。どんな表情をしているだろう。

そうしていると、コニーが現れた。

どうやらシェリルのもとへとラグリーが現れた報告へと来たらしい。コニーは俺がシェリルのそばに行くべきだと進言したが、俺は首を横に振った。

ロンロンはたしかによく懐いているが、この場でコニーに任せるには不安がある。動物学者の観察が終わるまでは離れないほうがいいだろう。

コニーは俺が離れられない旨をマチルダへと報告に行った。

ラグリーはシェリルにどんな話をしているだろう。そして、シェリルはなにを考えているだろう。気が気でない。

ようやく観察が終わるころ、すでに昼になっており、俺の心は苦しみや痛み、焦燥でいっぱいになっていた。

そんな俺を見かねたコニーが、ロンロンを部屋へと連れて戻り待機すると言ってくれる。

俺はしばし逡巡し、コニーにロンロンを託すことにした。

ロンロンはまだ俺とシェリル以外にはすこし懐いている程度だが、それでも部屋で待機することであれば、できるのではないか、と考えたのだ。

コニーが早くシェリルに会うべきだ、二人で話すべきだと必死に伝えてくれたことも大きい。

俺はシェリルのことで頭がいっぱいになっており、もしかしたら冷静な判断ができていないかもしれない。

シェリルの目を見ることはできない。避けてしまった部分もある。

でも、だからこそ失いたくなくて……。

急ぎ、王宮の廊下を歩いていく。

すると、廊下の先にラグリーの愛妾だと思われる、水色の髪の人間が現れた。

そして、俺を見ると、微笑んでこう告げた。

「ラグリー陛下とナイン辺境伯夫人はこっちよ」

「――シェリル。俺は魔物と契約をしている」


ハイルド様に告げられた言葉に、驚くと同時に不思議な気持ちになった。

『魔物と契約している』とはどういうことなのだろう。そして、ハイルド様は魔物について、私が知らないことを知っているようだった。

もちろん私はそのことについて聞こうと思ったのだが――

「ハイルド様は……大丈夫でしょうか」

一人の部屋。朝、身支度を整えた部屋で、私はふぅと息を吐いた。

書庫での一件以降、ハイルド様と一度も目が合わない。いつも私をまっすぐに見ていてくれたから、ハイルド様の変化にすぐに気づいた。

そもそも私とハイルド様は口数が多いわけではない。お互いにゆっくりと散歩をしたり、一緒に部屋にいたり。そういう時間も長かったように思う。

無言であっても空気が悪くなることもない。私が思いついた質問にゆっくりと答えてくれるハイルド様。そんな空間が好きだった。

でも、今、私の質問にハイルド様は「……そうだな」としか答えてくれないのだ。私を無視したり、傷つけたりしたいわけではないのはわかる。

ただ、一人で考え事をしているとでもいうのだろうか……。私の質問を聞いているようで聞いてない。思考の渦の中にいて、きっと今、私を見る余裕がないのだろう。

そんなハイルド様に質問を続けることも憚《はばか》られて、結局、それについての話はできないままに今日を迎えてしまった。

夕食を摂り、別々の部屋で眠る。

ロンロンがいつも通りに私とハイルド様が一緒に眠るようにと騒ぐのではないかと思ったが、それもなく朝を迎えてしまった。

うつらうつらと過ごした翌朝、ハイルド様は朝食を摂るとすぐにロンロンを連れて、部屋を出たらしい。

……避けられている、のだろう。

いや、ハイルド様が国王陛下に呼ばれているのは本当だろうし、動物学者にロンロンを見せると言っていたから、予定通りではあるのだ。

ただ昨日のハイルド様の様子から、今朝、私に会わずにハイルド様が部屋を出たのは、私を避けるために思えた。

「知られたくないことだったのでしょうか……」

私が書庫で見たあの羊皮紙。あれは本来あの場所にあってはいけない物だったのだろう。

ハイルド様はそれを知っていて、王宮の書庫であっても、私が魔物のことを知るはずはないと思っていたのかもしれない。でも……。

ハイルド様が言ったのだ。『魔法道具』を調べてみてはどうか？　と。

すべてを隠したかった人がわざわざそんなことを言うとは思えない。だからきっと、ハイルド様自身が戸惑っているのではないだろうか。

「知られたくない。……けれど知ってほしい。……伝えないといけない。隠していてはいけない」

その気持ちならば私もわかる。

なぜならそれは、私が妹の身代わりとして辺境伯領へと嫁ぎ、常に考えていたことだからだ。

私が妹ではないこと、身代わりで嫁いだことを伝えなければならない。隠している自分はハイルド様やみんなに相応しくないと常に一歩引いていた。

そして……知ってほしいという気持ちもあったのだと思う。

私が本当は妹ではないこと。姉の『シェリル』であること。

魔塵のマッチがきっかけになり、私は自らのことをハイルド様に伝えることができた。

そして、ハイルド様なそんな私のすべてを受け止め、まっすぐに愛を告げてくれた。

だから……。

「次は私です」

ハイルド様が今、目を合わせてくれないのは、不安だからだ。

きっとハイルド様はなにかを隠している。そして、その片鱗として「魔物と契約している」と教えてくれた。

それはいったいどういう意味なのか、ハイルド様の口から聞くことはできていない。ならば、私が自分で知ればいいのだ。

私がハイルド様に真実を告げることができたのは、ハイルド様がいつだって落ち着いていて、力強く、まっすぐだったから。

私の真実を知っても、ハイルド様ならば答えを出す。それが私にとってどんなものであろうとも。それを信じることができた。

ハイルド様に比べて、私は弱い。なにも知らない私にハイルド様は真実を告げることができず、不安で苦しんでいる。

「……二人なら分かち合える」

失うことへの不安。好きだからこその苦しみ。

私とハイルド様ならば乗り越えられる。そう思うから……。

「マチルダ、コニー。書庫へ行きたいのですが、いいでしょうか」

一人で朝食を摂ったあと、私はマチルダとコニーにそう告げた。

二人ともすぐに準備と手配をしてくれて、三人で書庫へ向かう。

ハイルド様がいないためか、私に慣れたのか、司書たちは怯えずに挨拶をしてくれた。

マチルダとコニーにはハイルド様と同じように好きな場所で待機してもらう。

ここまで送ってくれたから、二人で自由時間を取ってもらおうかと思ったのだが、二人としては自由時間よりも私を守ることのほうが大事だと言われてしまった。

昨夜からハイルド様と私がぎくしゃくしていることを感じているから、特にだろう。

「……結局、私にできるのは本を読むことぐらい」

二人と別れ、昨日と同じ書庫の一角で、こっそりため息を落とす。

ハイルド様の不安を知り、二人で分かち合うのだと意気込んだものの、当のハイルド様と会うことができなかったため、本を読んで知ることを選んだ。

『魔物との契約』。それがどういうものかを知り、ハイルド様に私は大丈夫なのだと伝えたかったのだが……。

「昨日の冊子が……ない」

たしかに挟んだはず。しかしその本を手に取って中身を覗けば、そこにはもうなくなっていた。

ハイルド様だろうか……。たしかにあの冊子は本来ならここにあってはならない物だろう。

だとすれば、昨日のまま置いておくことはできなかったのかもしれない。

最初から思惑通りに行かず、またふぅとため息が出た。

すると、書庫の出入り口が騒がしくなり——

「陛下!?」

「先触れは入っておりませんが……っ」

「なにかありましたでしょうかっ」

「気にしなくていい。私用だ。扉を出しておけ」

「は、はいっ」

慌てる司書と、それに悠々と返す声。国王陛下だ。

「ナイン辺境伯夫人はいるか？」

どうやら私を探しているらしい。

書庫の隅から出れば、そこにはマチルダとコニーがいて、すぐに私を守れるように立っていた。

「国王陛下、ここです」

返事をし、礼を取る。

すると、国王陛下はすぐにこちらへとやってきた。

「楽にしていい。私が来たのは、すこし話がしたくてな」

国王陛下がにんまりと笑う。

「……国王陛下は閣下と歓談中のはずでは？」

マチルダがうさんくさそうな顔で国王陛下を見る。

本来なら騎士が直接国王陛下に尋ねるのは不敬になるのだろうが、マチルダの雰囲気から、それは許されているのだろう。

国王陛下はにんまりと笑ったまま、マチルダを見た。

「うむ。ハイルドと歓談した結果だな、非常に面白そうなことが起こっているとわかり、ここまで来た次第だ。ハイルドは今、闇豹と一緒に動物学者と話している。あちらも手が離せないからここへはすぐに来れまい」

「閣下についてはご自由にしていただいていいかと思いますが、リル様はやめてください。とても大切な方なのです」

「わかっている。私もナイン辺境伯夫人を大切に思っているぞ」

「やめてください」

国王陛下の言葉にマチルダが即言い返す。このようなやりとりに慣れているようだ。

「そう邪険にするな。私が来たことがナイン辺境伯夫人にとっては僥倖となるはずだ」

国王陛下はそう言うと、私の目の前になにかを差し出した。それは——

「これが読みたいのであろう？」

「っ……はい」

——昨日見つけた冊子だ。

思わず息を呑めば、国王陛下のにんまりとした笑みがさらに深まった。

「ナイン辺境伯夫人、これはな——禁書だ」

「……はい」

「おお、その反応をするということは、これが禁書だというのはわかっていたようだな」

「はい」

私は慎重に頷いた。

国王陛下は……今、いったいなにを意図して、ここにきたのだろう。

禁書を読んだ私を罰しにきた可能性だってあるのだ。その場合、私が禁書だとあたりをつけた上で読んでいたことが知られるのは良くないかもしれない。

私はじっと国王陛下を見つめた。

青い目が愉快そうに私を見ている。これは――そう。

「……この国は魔物や地下迷宮、そして魔法のことを隠しているのですね」

私の言葉に青い目がさらに細く弧を描く。

「正解だ。ああ、いいな。その目は面白い」

ハハッと声を立てて笑った。

「合格だ、ついてこい」

――試されていたのだ。

「……はい」

国王陛下が私のなにを試し、なにに合格したのかはわからない。だが、それはきっとハイルド様との関係に大切なことなのだと感じた。

なんで、国王陛下の言葉に頷きついていこうとする。

しかし、マチルダが慌てて私を止めた。

「お待ちください、リル様。国王陛下は非常に面倒なお方です。今もなにかを企んでいるとしか思えませんし、閣下を待ってからでもいいのではないでしょうか」

マチルダの話はもっともだ。たしかに私が一人で行くよりもハイルド様を待ったほうがいいかもしれない。

　前へ出そうとした足をもとに戻す。

　すると、国王陛下はにんまりと笑った。

「ハイルドを待ってもいいが、そうするとハイルドはどうするだろうな。ナイン辺境伯夫人には知りたいことがあるのではないか？　私についてくれば望みは叶う。だが、ハイルドがそれを知れば、止めるかもしれないぞ？」

　マチルダの焦ったような表情と、国王陛下の人を食ったような笑みと。二人を見て私は逡巡する。そして、ゆっくりと口に出した。

「国王陛下がどのような方なのか私はまだあまり存じていません。ですので、より国王陛下を知っているマチルダが言うことも正しいのかもしれません。……けれど、私は今回は大丈夫だと思いました」

「ほう！」

「国王陛下が私をどう思っているかはわかりません。ですが、ハイルド様を大切に思っていること、ハイルド様を傷つけようと行動する方ではないのは、お二人を見ていればわかります」

　そう。ハイルド様は国王陛下について「面倒くさい」とよく言っているが、国王陛下自身はいつだってハイルド様とともにいるとき、楽しそうだった。

　ハイルド様もそれをわかっていて、あしらいながら一緒にいたのだろう。

「そして、ハイルド様がもしここにいても、私が行きたいと言えば止める方ではないと思います。私がたしかめて出す答えを待ってくれる。その上で二人で歩んでいける、と」

ハイルド様にとって苦しいことでも、私が知りたいと思ったことをハイルド様ならば止めないだろう。だから……。

「マチルダ、心配をかけますが、私は国王陛下についていこうと思います」

「〜〜っリル様」

マチルダがぱくぱくと口を動かす。

本当は私を止めたいのだろうが、すぐに言葉が出てこなかったのだろう。

国王陛下は私の答えを聞き、高らかに笑った。

「ははっ！　なるほどな、ハイルドと私の関係を信じるということか。そう口に出されては、私がナイン辺境伯夫人を危険な目にあわせた場合、ハイルドと私の関係に問題が起きるということだな。面白い。さすが宝石姫だ」

そして、私に先を示す。

「行くぞ。さっきまでいた従騎士がいない。大方、ハイルドに知らせに行ったのだろう」

「そういえばコニーがいません……」

マチルダがすぐに来てくれたから気づかなかったが、そう言えば一緒に来ていたコニーの姿が見えない。

国王陛下が言うように、ハイルド様に知らせに行ってくれたのだろう。

マチルダとコニーの連携にほうと息が漏れる。

国王陛下はちらりと書庫の入り口あたりへ視線を走らせたあと、私に向き直った。

「ハイルドが来てもいいが、どうせならば先にナイン辺境伯夫人に見てもらおう。ハイルドにはできないこともあるからな」

「ハイルド様にはできないこと……？」

「ああ。言いたくても言えないことがある。そういうことだ」

国王陛下はそこまで言うと、会話を切り上げ、どこかへ向かって歩き出した。

私はそれに遅れないようについていき、マチルダも従う。

そうして国王陛下が進んだのは、私が本を探していた一角とは反対側だった。場所としては司書たちがいたカウンターの裏側の一番奥になるのだろう。

「ここだ」

「これは……扉、ですか？」

「ああ。この扉は普段ならば本棚に隠れている。ナイン辺境伯夫人に会う前に開けておいた」

国王陛下が示したのは本棚に隠れるようにしてある金色の扉だ。

周囲にはなにかの文字がたくさん描かれていた。

「『開け』」

国王陛下が扉に手を翳し、言葉を告げる。

すると、扉の周囲に書かれていた文字が金色に光った。そして、あったはずの扉が消えて……。

「これは……？」

「扉が開いたわけじゃなく、消えてしまった……」

目の前で起こったことに驚き、マチルダと顔を見合わせる。

扉は普通であれば蝶番で繋がっていて、押すか引くかをするものだ。しかし、金色の扉は姿を消してしまったのだ。

驚く私たちに対し、国王陛下の表情に変化はない。不思議な出来事を当然のように受け止めている。

「入るぞ」

「っはい」

国王陛下が消えた扉の奥へと進む。私も続いて入っていった。

が、最後に入ろうとしたマチルダはなぜか奥へは進めず——

「これは、いったい……？」

マチルダは透明な壁に阻まれているかのように、足を止めた。

なにもないように見える空間をマチルダが手で押している。たしかにそこになにかがあるようだ。

国王陛下と私はなんの問題もなく進めたのに、いったいどういうことなのだろう。

「ああ、ここには許可がある者しか入れない」

国王陛下はにんまりと笑う。どうやら最初からマチルダをここに入れる気はなかったらしい。

「っリル様、やはり危険なのでは？」

マチルダが焦って、私を見る。

私はそんなマチルダに「大丈夫です」と頷いた。

「どうやら声は届くようです。なにかあれば大きな声を出します。ここで待っていてください」

「リル様っ……」

「やれやれハイルドの騎士は心配性だな。ほら、これを持っていろ」

国王陛下はそう言うと、自身の腰に佩いていた剣をマチルダに向かって投げる。

金色と白色の鞘に入った豪奢な剣だ。たしかそれは王家に伝わる大切な剣のはずで……。

「誓って私はナイン辺境伯夫人に手を出さない。私が供を連れていない時点でわかるだろう。ここは私と許可を与えた者しか入れない。そして、許可を与えるのはほんのわずかな者だけ。私はハイルドを愉快で楽しいと思っている。こんなことでその関係をなくすことはできない」

「……わかりました」

国王陛下の差し出した剣と言葉で、マチルダもようやく落ち着いたようだった。

心配そうな顔をしているが、それ以上は止めない。

「では中へ進む。こっちだ」

国王陛下の案内で薄暗い廊下を進む。さきほどまでいた書庫と比べると薄暗く不気味だ。

その先にはまた扉があり、それも消える。そして、そこを潜ると――

「これは……もう一つの書庫、ですか」

「ああ。でもこちらはさきほどの書庫とは違う。ここは――禁書庫だ」

国王陛下の言葉に目を細めて周りを見渡した。

最初にいた書庫と違い、すべての書棚が金でできているようだ。掲げられたランプの火を照り返し、色を変える。

面積はそう広くはない。だが上に広くまるで塔の中だ。その壁一面がすべて書棚になっていて、ぎっしりと本が詰まっている。

螺旋階段を昇ることで、壁の書棚の本を手に取ることができるようになっていた。

「ここにあるものすべてが……禁書、なのですか？」

「ああ。この国の歴史から消された、過去の本たちだ」

「……消されたのですか」

「この国の秩序のためにな」

国王陛下はそう言うと、螺旋階段を登り始めた。どうやら目的地は決まっているようだ。

私もそれに続いて登っていく。

しばらくすると、国王陛下は止まり、書棚を指差した。

「このあたりを見てみろ。ここにナイン辺境伯夫人が知りたいことがあるだろう」

「はい」

「いい目だ。私はそこのソファに座っている。読み終われば声をかけてくれ」

「……お時間はよろしいのですか？」

「本来はハイルドとともに魔物を調べようと時間を空けておいたのだ。今日はゆっくりできる。魔物は愉快だったが、それよりもハイルドの落ち込み方のほうが興味深いからな」

国王陛下はなにかを思い出したようで、楽しそうに笑う。

そして、青い目で私をまっすぐに見た。

「もしナイン辺境伯夫人がハイルドの背負うものを理解しないのであれば、離縁をさせることも過ったが、その諸手続きは必要なさそうだ」

不穏な言葉に眉を寄せれば、国王陛下はふっと笑う。

「ハイルドの献身に国一番の美姫を送ることを考えた。いろいろあったが愉快であったし、しかもハイルドはかけがえのないものを手に入れた。我ながらすばらしい采配だったな」

国王陛下はそこまで言うと、私に背を向け、螺旋階段を降りる。どうやら途中の踊り場のような場所にあるソファで休むようだ。

「ハイルドは禁書庫の場所も知っているし、入ることもできる。安心して本を探すがいい」

「……はい」

国王陛下の言葉に頷く。

そして、書棚へと向き直った。

ここに……あるのだろう。あの冊子に書かれていたことが。

魔物、地下迷宮。そして魔法について。

その先にハイルド様の言った「俺は魔物と契約している」という言葉の真実があるはず。ハイルド様が不安になり、私へと伝えることを戸惑うようなことが。

「よし……」

一人、拳を握る。

ハイルド様の不安を受け止める。二人で分かち合う。

そんな私になるための知識をここで手に入れるのだ。

私は国王陛下の示した書棚の一番上の本を手に取って——


——そこから私は本の世界に没頭した。

書かれていたのは、私がこれまで信じていたものがすべて平和のために築かれたものだということ。


この国ができたのは五〇〇年前。当時、この土地は魔物のものだった。

魔物は昼夜を問わず行動し、人々を襲う。

人々は常に魔物に怯え、常に各地で魔物の被害とそれに対する戦闘が繰り返されていた。

魔物は身体能力が高く、動物用の罠や剣では歯が立たない。鉄のやじりで傷をつけることはできるが、致命傷を与えることができなかった。

「魔法が……あったなんて……」

最初に見つけた冊子に書かれていたこと。あれが五〇〇年前は当然のように行われていたのだ。

人間の中に魔法を使える者がいて、手から火を出し魔物を焼き、空気を切り裂き魔物を仕留めることができた。

魔法使いは魔物と戦うために見出され、育てられ、戦いへと参加していたのだ。

今の私たちは自然災害や犯罪に怯えることはあっても、魔物に怯えてはいない。魔法使いなんているはずもなく、人々が獣と戦うときは罠や剣、猟銃を使う。

魔物の脅威のなくなったこの土地は人々が行きかい、どの領もそれぞれの産業を育てようとしている。戦いに明け暮れている領などないのだ。

豊かな領と貧しい領はあるが、その差も国王陛下は埋めようと努力していることもわかる。

でも、それは当たり前ではなく……。

「魔物が今のように地下迷宮に潜ったのは、一人の人間のおかげ。……五〇〇年前に英雄が現れた」

魔法を使える者を集め、育て、魔法が強い者を作ろうとした結果、一人の男性が生まれたらしい。

巨大な魔法の力を有し、身体能力は飛び抜けていた。

彼ならすべての魔物が斃せるはずだと、人々はその英雄を褒め称え、戦いへと誘った。そして

――

「……彼は魔物との契約を選んだ」

魔物たちとの戦いの中で、英雄は一頭の強く巨大な魔物と出会ったらしい。巨大な魔物は魔物を統べることができると言い、英雄は信じた。

巨大な魔物は森の奥深くに魔物が棲むための場所を作り、そこから出ないことを約束した。そして、代わりに人間もその棲みかを襲うことはないように、と。

何冊もの本を読み、その答えに辿り着いた私は、そっと本を戻した。

そして、国王陛下のもとへと向かう。

「……国王陛下、お時間をいただきありがとうございました」

「ああ、どうだ？　いい答えは見つかったか？」

国王陛下がにんまりと笑う。その青い目は私を探るように見つめていた。

私はそれにどう答えていいかわからず、ただその目を見返した。

「……今の平和は、過去のたくさんの犠牲と、それを背負った人がいたから得られたものだったのですね」

「ああそうだ。最初から平和だったわけではない。人々は狩られ食われる。弱者だった」

私の言葉に国王陛下は言葉を濁すことなく返した。

それが……真実なのだ。これが、隠された歴史なのだろう。

「ほんの五〇〇年前の出来事だ。だがもう人々は戦いを忘れ、平和を享受している。まるでこの土地がはじめから人間のもので、自分たちが最初からこの土地の覇者だったかのように」

「……王家がそう誘導しているのですね」

「自分たちが弱者であり、いつでも狙われる立場になるなど知りたくないだろう？　平和をそのまま受け止めて暮らせるのは心地がいいものだからな」

国王陛下はそう言うと、ゆったりと足を組み直した。

「ここにあるのは五〇〇年より前の書物だ。焚書《ふんしょ》にされるところだったが、当時の王はこうして残すことを選んだらしい。だが、魔物と魔法のこと、英雄のことは書き残すことを禁じられ、次第に人々の記憶からは薄れたようだ。この歴史を知っている者はここに入れる者のみ」

国王陛下の青い目が光る。

「――つまり国王と、英雄の血、そして英雄の血を残す者だ」

その言葉に、私は一瞬、胸が詰まった。

それは……ハイルド様が英雄の子孫であるということだから。そして、私がその妻としてその血を残す役割を持っているということだからだ。

「ハイルドの祖先が地下迷宮を作った魔物の主と契約をした。だから、ハイルドたちは辺境伯として魔物の森を守り、暮らしている。ハイルドは強いだろう？　私はそれを見る度にさすが英雄の子孫だ、と感心したものだ」

「……ハイルド様は、強いです」

そう。その強さで、私を魔物から救い出してくれたのだ。

「ハイルドの役目を知っているのはハイルドの両親と私だけだ。だからこそ、私がハイルドを害することはない。ハイルドが国を支えていると言っても過言ではないのだから」

「はい……」

ハイルド様と国王陛下が気安い理由は幼馴染だからだけではない。ハイルド様と国王陛下は二人で一つと言える。この国はどちらを欠いても成り立たない。

「ナイン辺境伯家の血は大切だ。なのにハイルドはこの年までまったく興味を示さない。血を途絶えさせたくないという名目でいろいろと女性関係を勧めたが、すべて無視だ」

「……それで、メリルへ勅命を出したのですね」

「いや？　私が勅命を出したのは宝石姫だ。英雄の血で国を支えるハイルドに最高の妻を与えたいという私の気持ちだった。まあ、ハイルドは無視していたようだが」

　国王陛下はなにかを思い出したように笑ったあと、もう一度私を見た。

　その目はただ私を見ており、感情が乗っていない。

　さきほど、国王陛下は「合格だ」と言っていたが、まだ国王陛下は私を試しているのだろう。

「どうだ、ナイン辺境伯夫人。その名の役割がわかったか？　辺境伯はほかの領土の貴族とは違う。ハイルドと私は二人でこの国の王だ。私は表向きの執務を行う王。ハイルドはこの国全体の守護の王だ。そして――君は知らぬ間に、そこに巻き込まれている。真実を告げられぬまま」

　……いや、試しているのではない。これは……。

「魔物は恐ろしいものだ。もし魔物たちがこれまでの平穏を捨て、地上を目指したとき最初に狙うのはハイルドだろう。そして、隠していた歴史がふたたび蘇る。その際、民は英雄の子孫を責めるはずだ」

　国王陛下の言葉にぎゅうと胸が痛んだ。

　英雄は魔物と契約を結んだと言っていた。だが、それが永遠に破られないという保証はないのだろう。そのとき、魔物にとって一番の脅威はハイルド様だ。

そして、もし、そのようなことになり、魔物が地上にあふれれば、それを管理していたハイルド様へと非難が集まる。そして、妻となった私もともにいようと思えば、それを受けることになるのだろう。

だから、国王陛下は……。

「ハイルドには幸せになってもらいたいと思っている。だが――君は逃げてもいい」

そう言って、青い目を和らげた。

ナイン辺境伯夫人となっても真実を知らなかった私。ハイルド様がどうして隠していたのか、どこまでを隠していたのかはわからない。

だが、私が真実を知ったときに選択ができるよう、こうして機会をくれたのだろう。

……私の命はハイルド様に救われた。そして、愛を教えてもらった。

国王陛下は私の家族や魔塵のマッチについて公平に見てくれたと感じている。そして、伯爵領についても家族がいなくなったあと、領民たちが混乱したり飢えたりすることのないように差配してくれた。

考えれば考えるほど恩しかない。

だから、命じればいいのだ。なのに……。

「……国王陛下も優しいのですね」

優しい、とは違うのかもしれない。だが、私の感じたことをそのまま伝える。

すると、国王陛下は驚いたように目を開いた。

「これまで生きてきてそんなこと言われたことはないぞ。だいたいは冷たい、優しくない、人の心がない。そんなことばかりだが」

驚いている国王陛下を見つめ、ふふっと笑う。

そして、まっすぐに見つめた。

「国王陛下、私を逃がしていただく必要はありません」

だって、今、私がしたいことは――

「……私は今、すこしでも早く、ハイルド様に会いたいです」

――会って、抱きしめたい。

こんなに重い使命を背負い、一人で立つハイルド様。

そして、ハイルド様は私にそれを告げられぬまま……けれど、私を選んでくれたのだ。

「私をここへ連れてきていただき、ありがとうございます。私は……ハイルド様を誇りに思います」

私の言葉に国王陛下が、これまでで一番の笑顔を見せた。

「そうだろう！　そうなのだ！　私もハイルドを誇りに思う！」

それは無邪気な少年のようで――

「リル様っ！　聞こえますか、リル様っ‼」

――そこに突然、マチルダの声が響いた。

どうやら、別れた場所からこちらに向かって言葉をかけているようだ。

「なにかあったようだな。帰るか」

「っはい」

国王陛下が表情を変え、ソファを立ち上がる。「今行く」と話せば、それがマチルダに伝わったようだった。

そうして、もと来た道を戻ると、禁書庫の出口にはマチルダとともにコニーもいた。

「リル様っ、大変です！」

「リル様、すみません、僕がちゃんと見ていれば……っ」

禁書庫の扉を潜った瞬間、コニーが抱き着いてくる。

落ち着かせるように、背中を叩けば、コニーが目を潤ませた。

「ロンロンが逃げてしまったんです……！　ロンロンは閣下のもとへ行ったらしくて、それで……っ」

コニーがその先が言えなくなったようで、言い淀む。

マチルダは私と国王陛下の顔を見比べて、困ったように眉を寄せた。

「……閣下が今、捕まっています」

「どういうことだ？」

マチルダの言葉に国王陛下の眉がぴくりと上がる。

マチルダは私を気遣うように見たあと、国王陛下に告げた。

「……閣下が、国王陛下の愛妾であるセレナーデ様を襲った、と」

「ほうほうほう！」

「セレナーデ様と閣下が同じ部屋にいらっしゃったのです。セレナーデ様はドレスを破られ、悲鳴を上げたと。そこに王宮の騎士たちが乗り込んできて、閣下は今、拘束されているようです」

あまりの話に驚き、目を開く。

ハイルド様が国王陛下の愛妾と同室にいて、ドレスを破った。つまり、ハイルド様が女性を襲ったということだろうか。

言葉を失うと、コニーが涙目で言葉を続けた。

「そこに逃げ出したロンロンが行ってしまったみたいなんだ……。それで、拘束していた騎士たちを襲ったらしくて……っ」

「コニーの話では騎士たちは鋭いもので切り裂かれたように傷だらけになり、ロンロンのせいだ、と」

「そんな……」

マチルダとコニーの話が現実に思えず、目を彷徨わせる。

すると、国王陛下が大きなため息をついた。

「なにをやっているんだ、アイツは……」

国王陛下は大げさに首を横に振り、手で目を覆う。

が、その口許は言葉とは裏腹ににんまりと笑っていて……。

「さすがハイルドだな！　楽しくなってきた」

私やマチルダ、コニーを見て、愉快そうに声を上げた。

幕間三 ✢ ハイルドの受難

ラグリーの愛妾はどうやら、シェリルとラグリーの居場所を知っていたらしい。

二人は王宮の書庫にいると思っていたが、すでに時間も経っているから、場所を変えたのだろう。

わかった、と頷き、ついていけば、そこは最初に俺とシェリルがロンロンをラグリーに見せた部屋だった。

ロンロンを内密に見せるために選ばれた部屋だけあって、いつもあまり人が寄り付かないのだろう。廊下を進むが人と会わない。

たしかにここであればシェリルとラグリーが話をすることができるだろう。

俺は、なんの疑問も持たずに、愛妾のあとに続いた。

そして——

「こっちに来て？」

部屋に入った瞬間、違和感を覚えた。

ラグリーと会ったときは一人掛けのソファがいくつか置かれた部屋だったはず。

が、今は入ったところに大きなベッドが置かれている。もちろん、シェリルとラグリーの姿はない。

――嵌められた。

このようなことがこれまでもなかったわけではない。大抵はこのまま扉を閉められ、相手はこちらを嬲《なぶ》ろうとしてくるのだ。

だが、それ自体はそう恐れるようなことではない。

殴られたのならば、殴り返せばいいし、閉じ込められたのならば、扉を壊すまでだ。

なぜ、ラグリーの愛妾が俺にこんなことをしようとしたのかはわからないが、この部屋のどこかに男が何人かいて、俺を痛めつけたいのだろう。

「どういうつもりだ」

低い声で問いかける。

大抵の者がこの声だけで怯えるはずだが、愛妾は微笑んだまま、すこしだけ首を傾けた。

「あら、そんな怖い声を出すのはおやめになって？　わたくしはただあなたとお話をしたいだけなの」

「俺には話すことなどない」

眉を顰めれば、愛妾はよりうっとりと笑った。

「そんな冷たいことを言わないで。こっちにいらして？」

愛妾はそう言うと、ゆったりとベッドへ腰かける。

これは俺に色仕掛けをしているのだろうか。それによってなにを得たいのかわからないが、これ以上ここにいても意味はないだろう。

早々に見切りをつけ、部屋から出ようと踵を返す。

すると、背中に声がかけられた。

「ねぇ。あなたの髪色とてもきれいね。そして、あの子の髪も。あの子はその意味を知っているの？」

その話に思わず足を止める。

愛妾の言う「あの子」とはシェリルのことだろう。俺もシェリルも髪色が両親とは違う。愛妾はその意味を知っているというのだろうか。

俺が話題に興味を惹かれたのがわかったのだろう。愛妾はそのまま話を続けた。

「あなたもあの子も、そしてわたくしも。これは選ばれた色なのよ。力がある者は色を持って生まれてくる。それを差別する世界なんて間違っているとわたくしは思っているの」

俺の心を撫でるように声が響く。

ベッドのほうから音がする。きっと立ち上がって、俺の背中へと歩いてきているのだろう。

「ねぇ？　稀色《きしょく》の二人だけで過ごすなんて、そんなのずるいわ。わたくしも一緒にいてはだめ？」

「……一緒に？」

「ええ。あなたもあの子もわたくしもみんな同じ。二人はそうしてお互いに痛みを癒しているの

でしょう？　あなたならわたくしの気持ちがわかると思うの。王宮で、珍しい髪の色。どんな扱いをされているかわかるでしょう？　わたくしをかわいそうに思ってくださらない？」

背中に手を添えられる。

俺はようやく、愛妾がなにをしたいのかがわかった。

「……つまり、俺の愛妾になりたいと。ラグリーから乗り換えたいということか」

「言い方が良くないと思うわ。わたくしはあなたとあの子を見て、羨ましいと思っただけなの。わたくしだって稀色なの。一緒にいてもいいでしょう？　あの子はとても優しくて扱いやすそうだったわ。きっとあなたとわたくしのことも許してくださる」

愛妾は「ね？」と言ったあと、俺の背中を撫でた。

俺はその瞬間、はっきりと拒否を示すために、扉へと進んだ。

「俺はシェリル以外いらない」

そうだ。だからこそ、失うのが怖いのだ。

これ以上、無駄な時間はかけられない。

そのまま扉から出ようとすると、あははっと高笑いが響いた。

「気持ち悪い赤い髪にこんなに下手に出たのに、こちらを振り向かないなんて！　なんて失礼で野蛮な男でしょう！」

これまでの妙に心地よく響かせようとしていた声が、急に人を攻撃するものへと変わる。

そして突然、悲鳴を上げた。

「きゃぁあああ！　なんてことをするの⁉　おやめになって！」

「セレナーデ様！」

「大変、セレナーデ様が！」

愛妾に続いて、女の悲鳴が響く。愛妾以外にも部屋に人がいたのだろう。

その悲鳴を聞きつけたのか扉が外から開けられ、数名の騎士が飛び込んでくる。

まだ状況を把握していない俺とは違い、騎士たちは最初から俺を捕まえようと飛びかかってきた。

ひとまずはそれを捌き、距離を取り、冷静に部屋を見渡す。

「これは……」

思ったよりも酷い状況に、唸るように声が出た。

いつからいたのか、ベッドの奥に侍女らしき者が二名。彼女らがセレナーデに次いで悲鳴を上げた者たちだろう。

そして、こちらへ距離を詰めようとしてくる騎士が三名。これは扉から入ってきて、俺を捕まえようとしている者たちだ。

最後に愛妾。愛妾は俺を牽制するように、いつの間にか手には短剣を持っている。なぜかドレスは破れ、ベッドと扉の間の床に屈み込んでいた。

侍女たちは愛妾に駆け寄り、急いでベッドシーツを掛ける。

「ナイン辺境伯がセレナーデ様を無理やりに……！」

「いきなり剣でドレスを破ったのです……！」

侍女たちが騎士へと訴える。

俺は「そうか」と状況を理解した。

「俺が愛妾を襲った。そこへ騎士が助けにきた。そういう筋書きか」

騎士三名を見れば、俺と目が合った騎士たちはビクッと体を揺らした。

一応、剣を抜いてはいるが、さきほど俺に悉く躱されたため、動くことができないのだろう。

「……ナイン辺境伯、抵抗せずにいてほしい」

「暴れるということは、彼女たちの言い分通りとなってしまいます」

「そのままいていただければ、こちらも手荒な真似はしません」

騎士三人は及び腰でそう伝えてくる。

この三人に負ける気はしない。だが……。

「……わかった」

俺の言葉に騎士たちはほっとしたように息を吐いた。そして、こちらへ近づいてくる。

このままなにが起こったかを話し、あとでラグリーに処理するように伝えればいいだろう。

シェリルのもとへ行きたいだけなのに、無駄に話が拗《こじ》れても困るのだ。

すると、突然、扉から白い塊が走り寄ってきて——

「キャーウ！」

「なぜ、おまえが……っ」

——部屋に入ってきたのはロンロンだ。

なにが気になるのか、愛妾に向かって飛びかかろうとしている。

「やめろっ！」

もしかして、愛妾を傷つけるのではないか？　人を傷つけると許可が取り消しになる可能性がある。そう思い、声を上げながら近づく。

が、その俺の動きが今度は騎士たちの神経を逆なでしてしまったらしい。俺が愛妾になにかをするように見えたのだろう。

「動かないでください！」

騎士の一人がそう言いながら、俺へと迫る。

すると瞬間、水色の光が部屋に輝いた。だが、それは一瞬ですぐに消える。そして——

「ぐあぁ！」

「うぐっ！」

「ひぃ!?」

——騎士たちが血を出し、倒れた。

これは……いったい……。

「……空気の刃か？」

俺にはそう見えた。

突然現れた空気の刃が騎士たちへと向かっていったのだ。そして、それは俺に届く前に消えてしまった。

「キャウキャウ！」

　ロンロンはなにが楽しかったのかうれしそうに声を上げ、部屋を走り回り始めた。口をパクパクと動かし、空気中のなにかを食べているようだ。

「なんて酷いことを！　ナイン辺境伯があの動物になにかさせたのね……！」

　愛妾は大きな声でそう言うと、短剣から手を離した。そして俺を見ると、口を動かす。

『……魔物め』

　声には出ていない。だが、口の動きでなにを言ったのかわかった。

　部屋には、ドレスを裂かれ座り込む愛妾と、怯えて震える侍女。床に倒れた騎士。

　そして、無傷の俺と、はしゃぐロンロン。

「……お前がやったのか？」

　いまだに走り回るロンロンを見つめる。

　わからないが……。

「なんだこれは……!?」

「どうした!?」

　騒ぎを聞きつけ、騎士が集まってくる。

　シェリルとの関係について悩んでいた俺には最低の展開だというのはわかる。

　シェリルに自分のことを話すことができず、信用を失っている。そこにラグリーの愛妾と問題を起こし、ロンロンが攻撃をしてしまったのかもしれない。

「……シェリル」

頭に浮かぶシェリルの顔にぼんやりと靄がかかる。

輝く青と紫の目は、今は俺を軽蔑したように見ていると感じられた。

第四話 ✢ 名前の意味

とにかくハイルド様のもとへ行こうと、国王陛下を先頭とし、急いで向かう。

書庫から出ると、そこには国王陛下の護衛騎士がいて、そこで待っていたようだった。

「つまりハイルドとセレナーデが密会。ハイルドが婦女暴行。それを捕まえたところ、闇豹が襲ってきたというわけだな」

道中で情報を整理した国王陛下がそう言って、にんまりと笑う。

私は突然の事件で動揺し、手が冷たくなっているのに、国王陛下は楽しそうだ。

国王陛下の案内で向かったのは、王宮の一室。今はそこでハイルド様とロンロンは軟禁状態になっているらしい。

「私はセレナーデから話を聞いてみよう。ナイン辺境伯夫人はハイルドとまずは二人で話し合うのがいいだろう」

「はい」

国王陛下はそう言うと、部屋に入らずに去っていく。

私はその背中を見送り、一緒についてきてくれたマチルダとコニーへと向き直った。

「マチルダ、コニー。二人もハイルド様が心配だと思います。ですが、すこしだけ待ってもらっていいでしょうか。まずは私とハイルド様の二人で話したいのです」

わがままだと思うが、二人の顔を見て告げる。

きっと、みんなでハイルド様と会えば、「どうして」「なぜ」というような、ハイルド様への質問ばかりになってしまうだろう。

それでもハイルド様は話してくれると思う。

だが、私を見てはくれないかもしれない。

国王陛下もそれを見越して、ハイルド様と二人で話し合うことを提案してくれたのだろう。

昨夕からハイルド様と私はすれ違っている……のだと思う。

ここで、起こったことをたくさんの人と一緒に聞くだけでは、ハイルド様と私の関係がよくなることはない気がした。

私たちは二人で話すことが重要だと思うから。

私の提案にマチルダとコニーは顔を見合わせる。

困らせてしまったと思うが、二人は頷いてくれた。

「わかりました。リル様のおっしゃる通りに。もし、なにかあった場合や私たちの助けが必要なときはすぐに呼んでください。ここで待機しています」

「うん。……閣下と話ができなくて、一番不安なのはリル様なのに、僕たちのことまで考えてくれてありがとうございます。僕たちはお二人の味方だから、二人で話ができたら、呼んでください」

マチルダは私を励ますように目を和らげ、コニーは心配そうな目で私を見上げる。

私はそんな二人から勇気をもらい、扉へと視線を向けた。

……ハイルド様に避けられていると思うと胸が痛い。

でも、その理由とハイルド様の背負うものについての知識は得ることができた。

あとは……二人で向き合えれば……。

扉の両脇には騎士が立っている。

国王陛下はハイルド様とロンロンが軟禁されていると言っていたから、二人がここから許しなく出ないようにしているのだろう。

「ナイン辺境伯の妻です。さきほど国王陛下の許しを得ました。中に入ってもいいでしょうか」

「「はっ」」

国王陛下はすでにそのように手配していたようで、騎士はすぐに扉を開けてくれた。

「ハイルド様っ」

「……シェリル」

扉を潜れば、ハイルド様は陰鬱な表情でソファに座っていた。

急いで駆け寄り、ぎゅうと抱きしめる。

座っているハイルド様を抱きしめたので、頭を抱え込むような形になったが、気にせずそのままにする。

ハイルド様はそんな私にビクッと体を揺らし、ゆっくりと言葉を紡いだ。

「……すまない」

いつもならハイルド様は私の背中に手を回してくれると思う。だが、今はただ力なく手を垂らしていた。

「……ハイルド様、なにがあったか教えてくれますか」

「ああ……」

ハイルド様から体を離し、そっと隣へと腰かける。

ハイルド様は私を見ることなく、説明を始めた。

「今朝、俺はロンロンを動物学者に見せるために部屋を出た。動物学者はロンロンを調べ、その間、ラグリーがいるはずだった。だが、途中でアイツはシェリルと話をすると言って出て行った」

「はい、国王陛下は私と会っていました」

「俺は追いかけたほうがいいとわかりつつも、部屋に留まった」

「それは……ロンロンが動物学者に調べられていたからです。ハイルド様が離れるとロンロンが不安がります。ハイルド様がいることでロンロンは大人しくできた。それはロンロンと暮らすために必要なことです」

ハイルド様の答えに、その考えや行動を間違いだったと責めてほしくなくて、いつもより言葉数を多く返す。

ハイルド様はすぐに追えなかったことを自分の責任だと思っているように感じるが、そうではないと私は思うから。

ハイルド様はそんな私の言葉を聞き、辛そうに眉を顰める。そして、言葉を続けた。

「……動物学者の観察が終わり、俺はロンロンと与えられた部屋に戻り、そこにコニーとロンロンを残した。コニーがシェリルを心配して、早く俺に迎えにいくべきだと言ってくれたのだ。……俺がシェリルを避けているように感じる、だが、それはよくない、と」

「……はい」

「コニーに言われ、俺は部屋を出た。そこでアイツの愛妾に声をかけられた。シェリルとラグリーが二人で部屋にいる。怪しいからついてきてほしい、と」

ハイルド様はぎゅっと目を瞑った。

「疑うべきだった。俺はシェリルのことを考えすぎて、ほかのことを考える余裕がなかったのだと思う。時間もかなり経ったから、書庫から出て、部屋で二人で話すこともあるだろうと考えて、ついていった。……俺は、ただそのときシェリルがどんな顔をしているか、シェリルになにを話せばいいのか、それだけしか考えていなかった」

ハイルド様の声は苦しそうだ。そして、目を瞑ったままだから、私を見ることもない。

言葉通り、本当に私のことを考えてくれていたのだろう。

「部屋に入ってみれば、そこにはシェリルもアイツもいない。騙されたのだと気づいたが、話を引き延ばされて、対応していた。……そして、俺の愛妾になりたいと言われた」

「……そう、ですか」

ハイルド様の言葉に、私の声が揺れる。

もっと強くありたいと思っているのに、私の心はこんなに簡単に揺れるのだ。

いつものハイルド様であればそんな私に気づき、「どうした？」と声をかけてくれただろう。

そして、二人でゆっくりと気持ちを確認するのだ。

けれど、今、ハイルド様は私の声の揺れに気づいていないようだった。

「俺はそれを断り、部屋を出ようとした。だが、愛妾は自らドレスを破り、俺に襲われたと悲鳴を上げた。……あとは悪くなる一方だ。騎士が来て、俺を捕らえようと動く。そこにロンロンが現れ、気づけば騎士たちは空気の刃で切られていた」

「きゃう……ぅ」

ハイルド様がそこまで言うと、部屋の隅にいたロンロンが悲しそうに鳴く。

私はハイルド様の言葉に「はい」と頷いた。

「わかりました」

できるだけ優しく響くよう。怯えて怖がっているハイルド様の心を解せるように声を出す。

伝わってほしい、私の気持ちが。

不安で揺れるハイルド様を包めるように。

「ハイルド様、私を見てください」

「……シェリル？」

そっとハイルド様へ手を伸ばす。頬へ両手を添えて、私のほうへと寄せれば、ようやく金色の眼が見えて……。

「ハイルド様。私が見えましたか？」

「……ああ」

「……きっと、ハイルド様の頭の中ではいろんな表情をした私がいたのだと思います」

そう。きっと人は不安で揺れているとき、いろいろなことを思い浮かべる。

それは起こってほしくない未来や、こうであってほしくないという願いで……。

「ハイルド様の思い浮かべた私は、怒っていたり、悲しんでいたり、落胆した顔をしていたのではないですか？」

「……ああ、そうだ。……そうだな」

「ハイルド様は私がそんな顔をすることが怖かった。私のそんな顔を見たくなくて、ずっと見てくれなかったのですね」

「……っああ」

ハイルド様の金色の眼が苦しそうに細まる。それは……今にも泣き出しそうだ。

だから、私はその眼を見て、ふふっと微笑んだ。

「どうですか？　私は悲しい顔をしていますか？　……ハイルド様を傷つけるような、そんな表情をしていますか？」

「……っ、していない。シェリルは……強く優しい目のままだ」

ハイルド様はそう言うと、頬に当てた私のてのひらをそっと包む。

その手は冷たくなっている。だから熱を与えるよう、そのまま握り込んだ。

「シェリル……シェリルはこの国の歴史を知ったのだろう？　俺が魔物と契約しているということも。ナイン辺境伯とはなにか、を」

「はい」

「俺が……怖くないのか？　俺は魔物と契約している。そして……真実を告げず、シェリルを巻き込んだ。……すべて俺の弱さだ。俺は……」

ハイルド様の金色の眼が伏せられ、視線が外れそうになる。

だから、私はそっと顔を寄せ、その唇に口づけをした。

――私を見て。

この気持ちが伝わるように。

「……っ、シェリル」

「ハイルド様。私はハイルド様が怖くありません。それは出会ったときからです。魔物に殺されるはずだった私を助けてくれた。そのときの力強さも目も声も……その腕も。私にはいつも優しく、愛を伝え続けてくれたものです」

ハイルド様のすべてが愛しいのだと。

伝わるようにもう一度口づけを。

悲痛に落胆していたハイルド様の表情が解れていく。外れそうだった視線は私を繋ぎとめるかのようにまっすぐだ。

「……一度だけ、ハイルド様を怖いと思ったことがあります」

そう。強くて優しい金色の眼。その眼を怖いと思ったことがあった。

私の信じていたもの……、信じたい世界を壊し、そうではない、と突きつけられるのが怖かった。

「家族に都合よく使われていた私。私は……薄々はそれをわかっていたのだと思います。がんばっても、努力しても……報われない愛もあるのだ、と。むしろ、私が自ら身を差し出せば差し出すほど相手は傲慢になり、ただ私は自分で自分を苦しめ、大切にできていなかったのだと」

今、私はハイルド様やみんなにとても大切にされている。

私なんかにそれはいらないのだ、と大切にされることは拒否して、その場に居続けようとする私に、たくさんの愛を注いでくれた。

愛されるというのはこういうことなのか……という実感とともに、家族の仕打ちも理解していった。それは……喜びとたくさんの悲しみを連れてきたのだ。

認めたくなくて、逃げようとする私をハイルド様は抱きしめ、包み込んでくれた。その強さと優しさのおかげで、私はここまで来ることができたのだ。

願いが叶わないことは身を引き裂かれるほど悲しかった。残った痛みは今も私の心にあって、これは消えることはないのだと思う。

「……ハイルド様。ハイルド様は今、幼いころから刷り込まれた世界に、飲み込まれそうになっているのではありませんか？」

　今、ハイルド様の世界では、私は魔物と契約しているというハイルド様を怖がり、逃げ出そうとしているのだろう。

「ハイルド様のことを知らないまま、こうして過ごしていたことを情けなく思います。ハイルド様はいつも強くて優しい人だから、それに包み込まれて、私はとても幸せでした。でも、ハイルド様は本当であれば私と……妻と共有しなければならないことを、一人で背負い込んでいたのですね」

　……不甲斐ない。

　今の私にある気持ちはそれだけだ。

　なぜもっと知ろうとしなかったのだろう。なぜもっとハイルド様の苦しみに気づけなかったのだろう。

　もしかして、ハイルド様が抱え込んでいることを知るきっかけがもっとあったかもしれない。私はそれを見過ごし、辺境領で安穏と過ごしていた。

　辺境伯とはなにか、辺境領の歴史、魔物とは、地下迷宮とは……。ハイルド様は辺境伯なのだ。その妻になるということは、それを知らなければならなかったと今は思う。

「ハイルド様は真実を隠していたことについても自分を責めているのだろうと思います。その気持ちは私にもわかります。……私も真実を告げられぬまま、みなさんと一緒に過ごしていたのですから」

妹の身代わりで嫁ぎ、みんなに大切にされた。

けれど、それを告げることができなかったのは……。

「私は……真実を告げれば、この関係は終わるだろうと思っていました」

ハイルド様やみんなが、嘘をついていた私を責めること、あるいは落胆すること。結果として、みんなの気持ちを裏切れば、この日々は終わる。

……だからこそ言えなかった。

日々が終わる前に、ハイルド様やみんなに恩を返したかったから。

そして、魔塵のマッチを作ることができたとき、私は自分のできることは終わりだと思った。

だからこそ、自分から真実を伝えることができたのだ。

与えられるはずもなかった幸せは、私の手には入らず、そのまま消えてなくなると信じていたから。

「目の前にいるハイルド様や、みなさんのことを信じていなかったというわけではなく……。それ以上に、私は幸せを手に入れることができる人間ではない、と信じていたのです」

そう。冷静に俯瞰で考えれば、私が真実を告げたとして……。私が伯爵家でどんな扱いをされ、どう言われて妹の身代わりになったのかを知れば、みんなは助けてくれる。そんな強くて優しい人ばかりだった。

でも、私は……幸せは消えると信じていたのだ。

――それが私の世界だったから。

「今のハイルド様もきっと、そうなのだろうと思いました。……私に真実を告げられなかったのは、それを告げると今の幸せが終わると信じたのではないでしょうか」

今が幸せであればあるほど、告げることができない。

私が妹の身代わりだと伝えることができたのは、ハイルド様やみんなとの日々が消えるものだと思っていたからだ。

私が手にするべきではなかったものを返すだけ。だから、覚悟も決めることができた。

「私は巻き込まれたと思っていません。そして、ハイルド様が私にそれを告げることができなかったことも責めてはいません。……遅くなってしまってごめんなさい。今、ようやく、あなたを知ることができる」

私は弱いままの私ではない。ハイルド様の真実を知っても受け止めることができる。

ハイルド様が時折残してくれた言葉と国王陛下の取り成しでここまでくることができた。

だから——

「ハイルド様。……名前を教えてください」

青い花の咲く丘で、ハイルド様は私の名前を聞いてくれた。

妹の陰で名乗ることすらできなかった私の名を聞き、まっすぐに呼んでくれた。

妹の身代わりとして嫁ぎ、それでも真実を告げることができなかった私を責めることなく、受け入れてくれたのだ。

私にも、そんな強さを。

憧れているあなたと同じ、優しさを。

「――あなたの、名前は？」

「……俺は、ハイルドだ。……ハイルド・ナイン。ナイン辺境伯。代々、地下迷宮の魔物の主と契約し、魔物と人間の間を取り持つ役目を持っている」

「はい」

ハイルド様の震える声。その様子から緊張していることが察せられた。

その緊張や不安がなくなるよう、できるだけハイルド様の心に優しく響くよう、声を出す。

ハイルド様は一度、ぎゅっと唇を噛んだ後、私を見つめた。

「……この役目はこどもへと引き継がれる。……もし、俺とシェリルの間にこどもができれば、その子がその役目を負うだろう。……大切なことだ。これまで伝えずすまなかった」

ハイルド様が辛そうに息を吐く。

これを私に伝えるだけで、とても苦しいのだろう。それでもハイルド様はもう目を逸らさなかった。

「辺境伯の役目について知っているのは、国王と辺境伯自身。そして、こどもを産むことになる辺境伯の妻、いつか魔物との契約を継ぐ可能性があることも。これだけだ」

ハイルド様はそう言うと、そっと私の手を撫でる。

「……シェリルは今、この話を聞いてしまった。きっとラグリーと行った禁書庫で先に知ったこともあるだろう。……本来ならば、シェリルは嫁ぐ前にその話を知るべきだった。あるいは、俺が君の本当の名前を知り、愛を乞うたときに。……でも、俺は伝えなくてもいいのではないかと思ってしまった。これ以上の重責は必要ない。シェリルの笑顔がこのまま続くなら、と」

その手が温かいから……。

だから、ハイルド様がそのことを告げることができなかったのは、私を失い、幸せが消えることへの恐怖だけだったわけじゃないと気づいた。

「……ハイルド様が私にそのことを告げられなかったのは、私を守ってくれていたからですね」

私がこの国のことを背負うことがないように。

もしこどもが生まれなくても、なにも知らない私は苦しむことはなく、生まれたとしても役目を継がなければならない子に対して悲しむことはない。

それはただハイルド様が一人で背負うつもりだったのだろう。

「……もし、こどもが生まれず、魔物と人間の関係が壊れたとして、俺がいる間は問題はない。俺がシェリルより長く生きれば、シェリルが苦しむことはない」

ハイルド様はそう言って、ふわっと笑った。

いつだってハイルド様は私を思ってくれている。だからこそ、私は――

「ハイルド様」

「ああ……」

「私の名を聞いてください」

「……シェリルの？」

「はい」

金色の眼が驚いたように丸くなる。

それはそうだ。すでに私の名をハイルド様は知っている。けれど、私は自分の名前の意味を知らなかったのだ。そして、今は知っているから。

私の決意を感じ取ったのか、ハイルド様は泣きそうな表情になる。

そして、そっと尋ねた。

「……君の名前は？」

ハイルド様の震える声。私はそれにしっかりと頷き、答えた。

「私の名前はシェリル・ナイン。ナイン辺境伯の妻です。……魔物と人間の間を取り持つ誇らしい役目を持った夫。その役目を知り、そばで支えるためにいます」

自分の言葉に自分で胸がいっぱいになる。

そう。私は本当に誇らしいのだ。

――ただのシェリル。それは今、大好きな人を支えることができる。

ハイルド様の両手が私に伸びる。

そして、ぎゅうと力強く抱きしめられた。

「シェリル……っ、シェリル」

「はい、ハイルド様」

ハイルド様に応えるように、私もそっとハイルド様を抱きしめる。

座っていたハイルド様の頭を抱えるようになれば、鮮やかな赤い髪がくしゃっと崩れた。

「俺は……ずっと、無理だと」

「はい」

私が家族の愛を諦めず、もがいていた日々。きっと、ハイルド様は逆に早々に諦め、日々を過ごしていたのだろう。

私はハイルド様を安心させるように、ゆっくりと頭を撫でた。

「私はここにいます。……ずっといます」

ハイルド様はもう一度ぎゅうと強く私を抱きしめたあと、そっと顔を上げた。

「もっと早く伝えなくてはならなかったことだった。こんな状況で告げることになってしまい、すまない。ラグリーの愛妾のこと、ロンロンのことも俺の不手際だ」

「……はい」

「大丈夫」、「気にしていない」と。伝えることはできるけれど、私はすこし逡巡してから、ただ頷くだけに留めた。

「……シェリルは俺を責めることができる。今、こうして俺と向き合ってくれているが、俺の態度や起きた出来事で不安になり、傷ついたこともあるだろう。本当にすまなかった」

「……はい」

ハイルド様の謝罪を受け入れる。

ハイルド様は言い訳をしない。私ももう言葉を多く返さない。

今はきっとそれだけでいいと思った。

ハイルド様の心と私の心。お互いに大切にするために……。

「シェリル」

「はい」

「弱さから逃げてしまった俺に、こうして話す機会をくれた。……ありがとう」

ハイルド様の金色の眼がそっと細まる。

私はその言葉と表情に心が震えて……。

ハイルド様が私を見てくれていること。ハイルド様と逃げずに向き合えたこと。……ハイルド様の抱えていたものを分けてくれ、それを受け取れたこと。

「はいっ」

うれしくて、思わず声が弾んでしまった。

頬も緩んで、ふふっと笑う。

すると、ハイルド様がぎゅっと眉根を寄せて、そっと私の頬に手を添えた。

「シェリル……」

熱のこもったハイルド様の声。その表情と声音で「あ、口づけをするのだ」と思った。

だから、それを待つように目を閉じる。すると――

「っシェリル」

――それは噛みつくような口づけだった。

いつものふんわり優しい口づけとは違い、私を食いつくしてしまうような熱があって、思わず体が引ける。

ハイルド様はそんな私の後頭部にも手を添えて、私が逃げられないようにすると、角度を変えて口づけを何度も繰り返した。

「はいるど、様っ」

驚いて目を開き、口づけの合間に名前を呼ぶ。

ハイルド様の金色の眼が私を縫い留めるように見つめた。

「シェリル、好きだ」

「～～っ、はい」

「口づけをしたい」

「はい、……えっと、今、しています」

目も、添えられた手も、触れ合った唇もすべてが熱くて、のぼせてしまいそうだ。

必死に言葉を返せば、ハイルド様はふっと笑った。

「もっとシェリルを感じたい」

「わ、わたしを……」

「ああ。唇が触れたあと、口を開けてほしい」

「……口を開けるのですか……？」

意味がわからず問い返せば、ハイルド様の顔が近づいてくる。

私は目をさまよわせたあと、観念するように目を閉じた。

まず優しく唇が触れる。ここまではいつも通りだ。

そして、さきほどと同じように何度か角度を変え、唇を触れ合わせる。

もうこれだけで胸の動悸が速く、頭はぽうっと熱くなって、私はいっぱいいっぱいだ。

「シェリル」

乞われるように名前を呼ばれる。

啄まれるように唇を挟まれ、ハイルド様が私にしてほしいことが伝わってきた。きっと、ここで口を開くのだ。

甘く痺れるような感覚がしてそっと口を開けた。すると——

「んっ……んむっ」

思わず声が漏れる。

ハイルド様も口を開いたようで、角度を変えた唇同士が触れ合うと、腰から背中にじじじっと刺激が走った。

そんな感覚は知らなくて怖い。

でも、嫌ではない。むしろ心地よくてなにも考えられなくなっていく。

耳の奥でくちゅっと濡れた音がした。ハイルド様と私の二人の唇が合わさった音。

甘い痺れに身を任せれば、体から力が抜けていった。

最初はハイルド様がソファに座り、私が前に立っていたはずなのに、気づけば私はハイルド様の膝に横抱きで抱えられている。

「……シェリル、シェリル」

ハイルド様が口づけの合間に私の名前を呼んだ。

私は名前を呼ばれるのが好きだ。

求められるように、乞われるように名を呼ばれると、たまらない気分になる。

ぼんやりと目を開けてハイルド様を見れば、金色の眼は火傷しそうなくらい熱い色をしていて——

「シェリル」

——くちゅっと再び音がした。

そして、口の中に柔らかいものが入れられる。

「っ!?」

驚いて、思わず息が漏れた。

その息さえもハイルド様に呑み込まれてしまうけれど、私はのぼせあがった頭を必死で働かせて、ぐいっとハイルド様の胸を押した。

「は、はいる、ど、さまっ！」

柔らかいものは私の口から抜かれ、唇もすこし離れる。

その隙に急いで、ハイルド様の名前を呼んだ。

「い、いま、ハイルド様、……舌を？　え……？」

そう。私の口に差し入れられたのはハイルド様の舌だった。

まさかそんなことになるなんて思わず、混乱したまま状況を確認する。

「……嫌か？」

ハイルド様の金色の眼は熱いまま私を見つめる。

私はくぅと喉から音を鳴らしたあと、ゆっくりと告げた。

「いや……ではなかった……っです」

嫌ではなかった。

ただ、舌が私の唇を割って入ってきた瞬間、腰から背中に走る刺激がもっともっと強くなったのだ。

これはなに？　この感覚がなにかわからず、ただ頭がぼんやりし、体からは力が抜ける。これ以上は、もう……っ。

「シェリル、好きだ。……もう一度」

ハイルド様は甘く囁くと、また顔を寄せる。

その言葉通り、もう一度、同じことをするのだろう。

「だ、だめですっ！」

もう一度なんて、そんなの絶対に不可能だ。

私は思いっきり叫んでいた。

「まちるだ……っ！」

その瞬間、部屋の扉がバーンと開かれる。

「閣下っ！　ステイです！　そのまま待機‼」

「……」

「リル様こちらへっ！」

マチルダがこちらへ向かって、走り寄ってくる。

ハイルド様はそんなマチルダにぎゅっと眉を顰めたあと、私を渡さないと言わんばかりに、私を抱き込んだ。

「閣下！　ここに来る前に決めたことを思い出してください。主にゴランの言葉を！」

その言葉にハイルド様はなにか思いついたらしい。

眉間のしわがより深くなったが、私を抱き込んでいた手から力が抜けた。

「閣下。自制心でしたよねー！」

どうやら扉からコニーも入ってきていたらしく、ハイルド様を見てにこっと笑う。

ハイルド様は「ぐぅっ」と声を漏らすと、一度、私の顔を見つめた。

「……潤んだ目、赤い頬。……すこし切れた息。……かわいい」

そう小さく呟き、大きく息を吐く。そして、私の体をマチルダに渡した。

マチルダは「はい」と頷くと、しっかりと私を横抱きに抱えてくれる。

まだ頭は回らないし、動悸も速く、体に力が入らない。

それでも、マチルダに抱えられれば、ほっと息を吐けた。

「……マチルダ、ありがとうございます」

「いえ、リル様が呼ぶならどこへでも駆けつけますからね！　それに、お二人が仲直りできたようでよかったです」

「うんー！　二人とも仲良し！」

マチルダとコニーがうれしそうに笑う。

その様子から、二人も私とハイルド様の関係を心配してくれていたことが伝わる。

私は二人に大丈夫だ、と伝えたくて、力の入りにくい手を必死に動かして、そっと親指を立てた。

「ちゃんと話し合いました」

そして、ふふっと笑う。

この親指を立てたポーズはよく騎士のみんながやっていて、私もその場面を何度か見た。

きっと、こうやって使うサインなのだと思う。

「任せて」や「やったよ」。「すごいね」など前向きなことを伝え合うサイン。

私のそのサインにマチルダとコニーは一瞬、驚いた顔をして顔を見合わせた。

が、次の瞬間、とびっきりの笑顔で私にサインを返してくれて――

「さすがリル様っ！　うじうじと悩んでいた閣下の目を覚ます、最高のかっこよさですっ！」

「うんうん！　二人で話をするって言ったリル様の姿、本当にかっこよかったです！」

マチルダがぎゅうと私を抱きしめ、コニーも私とマチルダを一緒に抱きしめてくれる。

優しくて心地よくて……。

私はそっと目を閉じた。

「……緊張しました。あと……すこし、いっぱいいっぱいです」

ハイルド様の熱に中《あた》ってしまったようで、体が動かない。

きゅうと目を回せば、焦るみんなの声がした。

「リル様っ⁉　閣下！　どんな無理をさせたんですか⁉」

「リル様、休みましょう。閣下、ベッドへ」

「ああ、こっちだ」

マチルダが動くと、私の体にリズムよく振動が伝わる。

それが心地よくて、意識が沈んでいくのがわかった。

でも、まだ休んでいる場合ではない。

ハイルド様と向き合えたけれど、まだ国王陛下の愛妾のことや、ロンロンが騎士を傷つけたことは解決していないのだ。

「まだ、休むわけには……」

首を振り、目を覚まそうと自分を鼓舞する。

けれど、そんな私を甘やかすように、優しく髪を撫でられて……。

「大丈夫だ。シェリルには心労をかけた。まずは休息を。愛妾やロンロンについてはこちらで手を打つ」

ハイルド様の強い声。

その声に「ああ、大丈夫なのだ」と胸がふわっと軽くなった。

目を閉じていてもわかる。ハイルド様の金色の眼はまっすぐ自分のやるべきことを見つめているのだろう。

「おやすみ、シェリル」

体がそっと横たえられ、ふんわりとしたものを掛けられる。

私はそのまま意識を沈めた。

幕間四　ハイルドの過去

——自分はほかの人間とは違う。

それに気づいたのは、俺が七歳のときだった。

父と母に連れられていった王宮。そこの人々の態度を見て、ようやく自分が人間ではなく魔物なのだと気づいたのだ。

それまでは辺境伯領で父母と暮らしながら、次期領主としての教育を受けていた。

父母のどちらにも似ていない赤い髪と金色の目だったが、父母は気にすることなく愛情をかけて育ててくれた。

辺境に暮らす人々がそもそもそういうことに無頓着なのか、俺が次期領主だからか、父母がそういう人物しか俺に会わさないようにしたかは定かではないが、赤い髪や金色の目で誹りを受けることもなく、至って穏やかな幼少期だった。

そもそもがあまり深く物事を気にする性質ではなかったことも一因だろう。

父から地下迷宮と魔物についての話は聞き、自分が父の跡を継ぐことになることも漠然と受け入れていた。そこに今も不満はない。

「国の礎となるために」、「民を守るために」、「国王を支えるために」。思いつく大義名分はたくさんあるが、どれも俺の考えるものとは違う。

「辺境伯領主の息子に生まれたのだから、俺がやる」というようなものだ。

辺境伯の役目として、魔物の主との契約を継ぎ、魔物を地下迷宮へ留めておく必要がある。

それは国にとっても重要なことであり、当然、父と前国王との間にも親交があった。

次代も同じように国王と辺境伯が交流するために、俺は父母とともに王宮へ行ったのだ。

王宮では俺の赤い髪と金色の目は目立ったらしい。

まず、到着し、馬車から降りた途端、騎士たちがざわついた。

そして、たまたま出会った貴族たちからは白い目で見られ、王宮の侍女には悲鳴を上げられる。

父母は当然、周囲との対話、牽制、配慮などを求めてくれたが、それでも俺が一人になるのを見計らって、口さがない者たちに言葉を向けられた。

「気味が悪い」、「人間ではないみたい」そして、「――魔物のようだ」と。

俺は表情が変わらないようで、なにを言われてもただ黙っていた。

父母は周囲のどんな言葉にも正々堂々と返し、そのようなことを言う者への嫌悪も隠さない。

だから、俺は王宮で出会った者たちの態度に考えることはあったが、それでも前を向いていられた。

もし父母が俺を疎んじ、周囲の者が、辺境伯領でも王宮と同じような態度をし、その中で育っていたら、今の俺のようにはならなかっただろう。

俺は父母の愛を十分に感じたし、俺付きの騎士となり兄弟のように育ったジャックも俺のことを心配し、たくさんのものを渡してくれた。

俺が愛は消えない。愛は増えていくと信じることができるのは、すべて環境のおかげで、それが俺にとっての幸運だったのだ。


「ハイルド、さま……」

一人考え事をしていると、ベッドで眠るシェリルが寝言を紡いだ。

シェリルと話し合ったあと、俺はマチルダとコニーに指示をし、今は二人の動きを待っている。

マチルダには一連の事件の流れや、それがどう王宮内で広がっているかの情報収集を任せ、コニーにはラグリーへの言付けを頼んだ。

二人はそう時間がかからず帰ってくるだろう。

俺はシェリルが眠るベッドへと近づき、そっと腰かけた。

すると、もぞもぞとシェリルの手が動く。

俺はそのシェリルの手をそっと握った。

「……よか……った」

そう言って、シェリルの表情がふわっと穏やかになる。

どうやら夢の中で俺を探していたらしい。

かわいい姿を見ていると胸が温かくなり、シェリルの額にそっと口づけを落とした。

「ここにいる」

「……は、い」

安心したのか、シェリルは手を繋いだまま、深い眠りへと落ちていく。

シェリルへの愛しさは日を追うごとに増していると思う。

俺は自分が過ごしていた日々を環境のおかげだと考えていた。

今考えれば、だからこそ、家族から虐げられ、周囲の者に辛く当たられていたシェリルを見て、より心が動かされたのかもしれない。

……シェリルの心は俺の心でもあったから。

そんな環境の中でも、清らかさを失わず、たくさんのことを考えているシェリルが愛おしかった。

でも……俺は言えなかったのだ。

シェリルを信じていなかったわけではない。シェリルであれば俺の話をしっかり聞き、考える。

そして、俺とシェリル二人にとって大切な答えを出す。

もし、シェリルの答えが俺の望まないものであったとき、それならば俺はまたシェリルに自分の気持ちを話せばいいのだ。

シェリルを愛している。ともに過ごしたい。それが俺の気持ちなのだから。

それでも言えなかったのは……。

「まだ覚えているなんてな」

自分の弱さに自嘲する。

何度も忘れようと思った。そして、なんてことないのだと自分に言い聞かせ乗り越えようと思った。

けれども、ずっとその出来事は心に残ったまま。

初めて王宮を訪問したとき、俺は父母のあとをついて歩いていた。

そして、そのままラグリーを紹介され、二人で話してこいと父母も前国王も離れていったのだ。

俺は、正直気が進まなかった。なぜなら、ラグリーの青い目が俺を見て興味深げに輝いていたせいだ。

ラグリーは俺を見て「なんて派手な髪色だ、すばらしいな！」と笑い、俺はそんなラグリーを見て「うるさいやつだな」と思った。もちろんなにも答えずに黙っていたが。

二人にされたところで話すことなどない。が、ラグリーのほうはあるらしく、一人でぺらぺらと話し、俺はただそれを黙って聞いていた。

ラグリーのほうが五つは年上のはずだが、とくにそれは感じさせず、ただ言葉数が多く、うるさく、そして、楽しそうに笑う男だった。

ラグリーは上機嫌で、俺を庭へと連れ出したのだが、そこにたまたま一人の貴族のこどもがいたのだ。

年は俺より年下で、女のこども。ラグリーと知り合いなのか、ラグリーが声をかけると頬を赤らめて、上目遣いでラグリーを見つめていた。

ラグリーはすこしこどもと話していたようだが、すぐにこどもを遠ざけようと、人を呼んだ。

が、こどもはそれが不服だったらしく、頬を膨らませ、ラグリーの腕を取ろうとしたのだ。が、

ラグリーは故意か、偶然かはわからずそれを避け、こどもはそのままこけてしまった。

ラグリーはこどもを助け起こそうとはせず、地面に座り込んでしまった様子をにんまりと笑って見ていた。

ラグリーとこどもがどんな会話をしたのかはわからなかったが、俺はこどもがかわいそうになり、助けようと近づく。そして、手を差し伸べたのだが――

『やだ！　触らないで！　そんな変な髪の色、おかしい！　魔物とは一緒にいちゃいけないの！』

こどもはそう言って、怯えるように俺から逃げ去って行った。

俺はただ差し出した手をどうすることもできず、そのまま握り込んだ。

ラグリーは去って行ったこどもに鼻を鳴らし「失礼なこどもだな」と眉を寄せた。俺はそれをただいつも通りの無表情で聞いていたと思う。

でも、いつもと違って……。胸が痛かった。

俺はこどもを傷つけようとして手を差し出したわけではない。これまで周囲の人間が俺にしてくれたように、助け起こそうと思ったのだ。

だが、その手さえもこどもは嫌がった。

俺はそこでようやく知ったのだ。

――自分はほかの人間とは違う。

どんな気持ちで差し出そうとも、この手は怖いと思われて当然なのだ、と。

「シェリルは……最初から怖がらなかったな」

ぐっすり眠ってしまったシェリルに俺の言葉は届いていない。

魔物だと言われた俺の手を握り、ただ安心しきって目を閉じている。

出会ったときからまっすぐに見つめてくれた青と紫の目。いつだって俺はその目を見る度に喜びとうれしさでいっぱいになってしまうのだ。

「閣下、戻りました」

コンコンと軽快なノック音とマチルダの声が響く。

入るように告げれば、マチルダと一緒にコニーも入ってきた。

どうやら扉の前で合流したようだ。

「閣下、僕も帰りましたー。国王陛下からは『構わない』と伝えろと申し付かりました」

「そうか、わかった」

どうやらコニーからラグリーに伝えてもらった件は問題なさそうだ。

あとはマチルダの情報だが……。

「すこし待っていてくれ」

シェリルに声をかけ、名残惜しいが繋いでいた手を離す。

そして、シェリルが起きないように場所を変えて、マチルダからの報告を聞いた。

「どうだった？」

「はい、一応、国王陛下がすぐに緘口令《かんこうれい》を布いたおかげで、愛妾とハイルド様の件はあまり広まっていません。しかし、事件の場に愛妾だけでなく、その侍女が何名かいたこと、騎士にケガ人が数名出たことで、すべての話を封殺するには至っていません」

「そうか」

「出ている話は……えー、言い難く、また反吐《へど》が出るので言いたくないのですが、事実のままを伝えたほうがいいですか？」

「ああ、気にせず頼む」

マチルダが今にも暴れ出しそうな人相になっているが、きっと俺に関することなのだろうと察しをつけ、事実のままの報告を求める。

マチルダは一回、忌々しそうに舌打ちをすると、話を続けた。

「えー、今、広がってしまった噂は『魔物がまた王宮で暴れたらしい。ついに国王陛下の愛妾に手を出そうとした。おかわいそうな愛妾様は国王陛下に庇護を求め、辺境伯に賠償を求めるようだ』と」

「つまり愛妾が求めているのはラグリーの庇護と、俺の賠償か」

「はい。……っ、本当に忌々しい女です！　この噂、あえて愛妾側が広げていますよ！　緘口令も布かれたのに、侍女たちがこそこそ話を広げています。そもそも！　閣下が愛妾を襲うなどありえない！　我らのリル様を前にして、そのようなことをするわけがない‼」

　マチルダが悔しそうに地団駄を踏む。ここまではなんとか冷静に帰ってきたようだが、情報収集をする際の相手の対応に思うことがあったのだろう。

「魔物というのは、ロンロンのことになるんですか？」

　コニーが悲しそうな顔をしてマチルダを見つめる。

　ロンロンが俺と愛妾の部屋に来てしまったことの責任を感じているのだろう。

　そんなコニーの質問にマチルダは首を横に振って答えた。

「いや、ロンロンについてはそもそも魔物であることは秘匿されているため、辺境にいる珍しい動物が騎士を襲ったという話になっているようです。あー……魔物というのは閣下のこと。今回は閣下が愛妾を襲い、その上で動物を使って騎士にケガをさせたのだという認識でしょう」

「閣下が……魔物と呼ばれているってことですよね」

　コニーの眉尻がより悲しそうに垂れる。

　俺は「気にするな」とコニーの頭を撫でた。

「いつものことだ。マチルダ、面倒な役目を任せたが、よく調べてくれた」

「……はい。話を聞くためににこにこ振る舞いましたが、閣下のことを魔物と言うやつらなぞ、全部斬ってしまいそうでした！」

「……よく耐えた」

　マチルダの勢いに頷けば、マチルダはふうぅと息を吐く。まだ怒りは収まりきっていないようだ。

「コニーもラグリーから返事を聞いてくれて助かった」

「はいっ！」

二人の働きに礼を言い、俺は次の動きへと入る。

「マチルダとコニーはここに待機し、シェリルとロンロンとともにいてくれ」

「はい、わかりました。閣下はどちらかへ行かれるので？」

「ああ。ラグリーから許可が出たからな。俺は禁書庫へ行く」

「禁書庫ですか？」

「あ、さっきまでリル様がいた場所ですか？」

「ああ。もし、シェリルが起きた場合や、なにかあればコニーが知らせにきてくれ。禁書庫への入室はできないが、禁書庫の入り口から声をかければ、中に響く」

「わかりました」

俺の言葉にコニーが頷く。

マチルダはそんな俺を見て、首を傾げた。

「なにを調べに行くのですか？」

「……シェリルが見たものを知りに行く。そして……果たしてあの空気の刃がロンロンが放ったものかどうかを調べる」

ずっと気になっていたのだ。

果たして本当にロンロンが騎士を傷つけたのか、と。

ロンロンはいまだに一度もだれかを傷つけるような動きをしたことがない。シェリルが黒い闇豹に襲われた際も、白い靄を出して動きを止めるような素振りはあったが、直接、攻撃を加えたわけではない。

騎士の傷について、他の者はロンロンが爪でやったと思っているが、ロンロンの立ち位置として、それは無理だったはずだ。

俺から見れば突然、空気の刃が出たように感じたが、ロンロンにそれができるだろうか。

俺が愛妾を襲ったことに対して、それを覆すことは難しいかもしれない。

あの場には愛妾と愛妾の侍女、そしてあとから入ってきた騎士しかいなかった。そのだれが俺を弁護する証言をするだろうか。

ラグリーは俺がやったわけではないとわかっているだろう。そして、俺を罰することもできない。

だが、そうだからと言って、俺の名誉を守れるわけでもないのだ。ラグリーならばにんまり笑って、そのままにするだろう。

だから、せめて、ロンロンだけは。

今回のことがロンロンではないと証明できれば一番いい。だが、もし実際にロンロンの力だとすれば、それが今後発動しないよう、条件も考えねばならないのだ。

「……これまで禁書には触れないようにしていたのだが」

それを知る必要はないと思っていた。

知っても知らなくても、やることは変わらないのだから、と。

だがそれは、幼いころに傷ついた心を守るために、見ないようにしていただけではないかと今は思う。そう気づけたのはシェリルのおかげだ。

――魔物と地下迷宮。そして、魔法について。

俺もそれを知りたい。

第五話　信じること

目が覚めると、そこはハイルド様の部屋のベッドだった。

どうやら私は疲れてそのまま眠ってしまったらしい。

やらなければならないことがあったのに、ぐっすり眠ってしまうなんて……！

慌てて、体を起こし、そのままベッドを飛び降りる。

そして、寝室を出ようと歩みを進めれば、深い毛足の絨毯に足を取られてしまった。

「あっ……っ」

こける……！

思わず目を閉じ、手を前に出して衝撃に備える。

けれど、体に衝撃は襲ってこず、私はそのまま優しく抱きとめられていた。

「リル様、大丈夫ですか？」

私を助けてくれたのはマチルダだ。

ほっと息を吐き、「ありがとうございます」とお礼を言った。

「いつもありがとうございます」

「いいえ！　リル様はしっかりしているように見えて、実は寝起きがちょっと苦手というのがわかってきました」

マチルダに言われて、ぱちぱちと目を瞬く。

自分ではまったく思っていなかったが、実はそうなのかもしれない。

「いいですね、リル様は心が強い方だから、起きたときに無理やり体を動かすことができてしまうんだと思います。けれど、体は準備ができていないから、こうして躓いてしまうのではないかと」

「……そう、かもしれません」

そう言われて振り返ってみれば、たしかにこうして体を無理やり動かして、こけそうになったことが多々あった。

その度にマチルダに助けてもらっていたが、マチルダはそんな私の体について考えてくれていたらしい。

「マチルダはすごいです。私も知らなかった私のことを教えてくれます」

「私はいつでもリル様の味方ですので！」

マチルダが榛色の髪を揺らし、笑顔で答えてくれる。

そんなつもりはなかったのに眠ってしまった焦りと、ハイルド様がおらず不安になった心がゆっくりと解れていく。

そう。焦る前に、まず状況を確認しなくては。

「ハイルド様は今、どちらにいますか？」

「閣下は禁書庫へ行かれました。ロンロンが騎士を襲ったとされる空気の刃について思うことがあったようです。なにか別の要因があったのではないかと考え、調べに行きました」

「別の要因……」

　マチルダに言われ、ふむと考える。

「たしかにロンロンはこれまで一緒に暮らしていて、空気の刃なんて出したことがないですしね。偶然かもしれないですが、閣下がそう考えるのも合点がいくなと私は思いました」

「そうですね。ロンロンがハイルド様を守ろうとして思わず出してしまったのではないかと思いましたが……」

　だとすれば、ロンロンと出会ったあのときに、その刃は出ていてもおかしくはない。だが、ロンロンは白い靄を出しただけだったように思う。

「今、コニーが閣下を呼びに行っています。すぐに戻ってくると思いますので、リル様はこちらの部屋で待たれますか？」

「はい、そうします」

　マチルダの提案に頷き、寝室から出て、ソファへと座った。

　すると、ロンロンが膝に座りたいようで、近づいてきて、ちらりと上目遣いで私を見上げた。

「……ロンロン、どうぞ、来てください」

「……キャウ？」

「……ロンロンも傷ついているのですね。大丈夫です。私もハイルド様もあなたを嫌っていません」

「っキャウ！」

ロンロンは不安そうな表情だったが、私の言葉を聞き、ようやくピョンッと膝へと乗った。

温かい毛皮を撫でれば、ごろんごろんと喉を鳴らす。

そうして待っていると、すぐにハイルド様は帰ってきた。

「すまない、シェリル。起きるまでに帰ってこようと思ったのだが」

「いえ、大丈夫です。ハイルド様は成果がありましたか？」

「ああ……それについてなんだが……」

ハイルド様がじっと私を見つめ、言葉を紡ごうとする。

しかし、その言葉はすべて言い切られず、被さるようにノックの音が響いた。

「ハイルド、悪い知らせだ！」

国王陛下の声である。

「悪い知らせ」という割に声が楽しそうに弾んでいるのが国王陛下らしい。

ハイルド様ははぁと深いため息を吐くと、国王陛下を部屋に招く。

国王陛下は一人掛けのソファにゆったり座ると、パチンと指を鳴らした。

「セレナーデだがな、ハイルドのことは絶対に許さないそうだ」

あまりに酷なことを、国王陛下はハハハッと笑い飛ばしながら言い切る。

「私はセレナーデが襲われたとしても、愛妾のままでいさせるから気にするなと言った。で、このままなぁなぁで済まそうとしたのだがな、俺の寵愛が足りないからこんな目にあうのだ！　と私の批判まで始めてしまってな。俺はセレナーデのために近衛騎士を選りすぐり、警備をさせないといけない。で、お前は罰を受け、さらにセレナーデに賠償しろという話だ」

国王陛下はそう言うと、大げさに頭を抱えた。

「私の愛妾なのに、もはや私の愛はいらないと言うんだ。若い近衛騎士を侍らせて豪遊させろ、そしてそのうちに近衛のだれかのもとへ下賜《かし》しろ、と。あんまりだと思わないか？」

「思わない。俺の迂闊さのせいだが、これ以上、お前の些事に巻き込まれたくない」

「些事ではない！　愛の話だぞ？　また私は振られてしまったなぁ」

国王陛下は哀れそうに言うと、「というわけでだな」と姿勢を戻した。

「私への要求だけで済めばよかったが、どうしてもハイルドを罰したいという話だ。お前、どうやって断ったんだ？　恐ろしい嫌われ方だな」

国王陛下がにんまりと笑う。

ハイルド様はその言葉はまったく気にしていないようで、冷めた声で告げた。

「俺がどう言われようとどうでもいい。俺は襲っていない。あちらは襲ってきた。平行線だろう。そこを争いたいと思ってはいないし、お前が対外的になにか必要だと思えば、すればいいだろう」

ハイルド様はそう言うと、私の膝の上で眠るロンロンへと視線を向けた。

「闇豹についてだが、騎士を襲ったのはコイツではないと思っている」

「ほう！　魔物の飼育の許可はまだ出していないからな。もし、本当に騎士への傷害が事実ならば、すこし難しくなるなと考えていた。魔物のしたことでないほうが私としては物事が楽に進むが……」

　そこまで言うと、国王陛下は楽しそうにハハハッと笑った。

「ハイルド、セレナーデはな、簡易裁判を望んでいる」

「簡易裁判だと？」

「ああ。王宮の秩序に関わることを内々で済ましていいはずがない、とな。すでに緘口令を布いているため、普通の裁判のように傍聴人を招いたり、裁判官を複数立たせたりすることはできないが、それ相応の対応をしろとの話だ」

　国王陛下の青い目が光る。

「私としてはどちらでもいい。もしやるならば、ハイルドとセレナーデの言い分を聞き、魔物の話も聞こうではないか」

「俺は……」

　ハイルド様はそこまで言い、言葉を呑んだ。

　提案に乗るべきかどうか考えているのだろう。

　ここまで二人のやりとりを聞いていた私はそっと口を開いた。

「……国王陛下、私からも話をしてよろしいでしょうか」

「おお！　もちろんだとも、ナイン辺境伯夫人」

国王陛下が私を見て笑う。

私はその青い目に呑まれないように気をつけながら、慎重に言葉を発した。

「私は……ハイルド様が襲っていないと信じています」

「ああ」

「ロンロン……闇豹については、正直まだわかりません。もしかしたらハイルド様を助けようとして人を傷つけてしまったかもしれない、とも思います」

ふわふわの毛皮を撫でれば、耳がそっと横に倒れる。

まだロンロンについてわからないことだらけなのだ。そして私の言葉が通じていると感じる場面も多いが、だからといって言葉が返ってくるわけではない。

でも……。……優しい子だと思うから。

「私はハイルド様も、ロンロンも信じています。……ですが、裁判と言われると、証拠を挙げねばならないのだろうと思います。それが私たちに提出することができるのか……それはわかりません」

そう。国王陛下もきっとハイルド様が愛妾を襲ったなど考えていないだろう。

けれど、それだけで沙汰を決めることはできない。

たくさんの人がすでにこの事件を知り、行く末がどうなるかに注目しているから。

「……このまま、裁判に出ず、辺境伯領へ帰るとどうなりますか？」

「セレナーデの言い分が通る。今、証言をしている者が口を揃えて『ハイルドがセレナーデを襲った』と言っているのだ。本来ならばハイルドが罰せられることになるだろうが、私はそのつもりはない」

国王陛下はまっすぐにそう言った。

「私と愛妾の問題にハイルドが使われただけだ。だれでもよかったが、王宮で評判の悪いハイルドであればだれも味方がおらず、罠に嵌めやすいと考えたのだろう。緘口令も布いた。そしてそもそも愛妾は私個人の問題だ。ハイルドの賠償も必要ない。それぐらいはこちらで処理をする」

そこまで言うと、国王陛下は「だが」と付け加えた。

「王宮でこれまで以上に悪い噂が立つことは間違いないだろう」

その言葉に胸がきゅうと痛くなった。

国王陛下は個人の問題とし、ハイルド様の責は問わない。

国王陛下とハイルド様の関係を見れば、そうなるのは当然だろう。

だが、外から見れば、ハイルド様が国王陛下の愛妾を襲ったが、国王陛下が寛大にも許した、というように見えるはずだ。

「闇豹についてもすこし時間はかかるかもしれないが、なんとかしよう。先に辺境伯領へ帰っておくがいい」

……裁判を行わずとも、辺境伯領に帰れば、これまで通りの暮らしが送れる。

国王陛下の言葉はそういうことだろう。

それに最初に返答したのはハイルド様だった。

「では、それでいい」

ハイルド様の声は淡々としていて、そこに感情は乗っていないようで……。

「もともと、王宮では俺の評判は地に落ちている。今更悪い話が一つ増えたところで問題はない」

「そうか。では、そうするか」

国王陛下はハイルド様の答えに「わかった」と簡単に頷いた。

でも……青い目はどこか怒っているようにも見える。怒っているのはハイルド様へではない。

……自分自身だろうか。

わからないけれど、私は……私は——

「いいえ……っいいえ、ダメです！」

——気づけば、大きく声を出していた。

「ハイルド様、裁判をやりましょう」

ぐっと手を握り、ハイルド様を見上げる。

ハイルド様は驚いたように私を見つめていた。

「ハイルド様がこのまま泥をかぶる必要はありません。ハイルド様はやっていないこと、あちらの捏造であることを訴えましょう。今はたしかに証拠はないかもしれません。けれど、ハイルド様は自分の行いではないと言い、そして妻である私もそれを信じていることをしっかりと記録として残す必要があると思います」

勢い込んで言えば、国王陛下が青い目を輝かせて私を見ていた。

そちらを見つめ、冷静に視線を返す。

「国王陛下。もし裁判を行い、ハイルド様の弁が認められず、あちらの証言が通ってしまったとしても、ハイルド様とロンロンはこれまで通りに過ごせるようにしてください。……そもそも国王陛下の行いが発端です。巻き込まれたハイルド様とロンロンにそれぐらいしていただいてもいいと思うのです」

裁判に出なかったとしてもあちらの証言が通り、どうせ悪い噂は立つのだ。

であれば、裁判に出て、自分たちの無実を訴えて負けたとしても、そう結果は変わらないだろう。

であれば――

「私はハイルド様を信じています。……そう信じている者がいるのだと、残したいのです」

――ハイルド様だけがすべてを呑み込み、誹りを受け続ける。

そんな世界になってほしくない。

そう思って言い切れば、「賛成です！」「賛成でーす！」と声が続いた。

「私もそうすべきかと思います。閣下は優しいというか、面倒くさがりというか、自分の評判に関して、気にしなすぎます！」

「僕もそう思うー！　閣下はすごい人なんだから、言われっぱなしなんておかしいです！」

マチルダがふんっ！　と鼻息を立てると、コニーはぷくっと頬を膨らませた。

二人ともここでのハイルド様への対応に思うことがあるのだろう。

ハイルド様は私たちへ順番に視線を走らせたあと、ふぅと息を吐き、天井を見上げた。

そして、一言「わかった」と呟く。

国王陛下はその言葉に目を輝かせ、「よし、急いで場を整える！」と言って、出て行った。

残された私たちも、休んでいる暇はない。

ハイルド様とロンロンの無実を証明する必要があるのだ。

マチルダはもう一度、情報を集めてくると出て行き、コニーも一緒についていった。

私はハイルド様と残り、二人で話を整理することにした。

時系列はこうだ。

まずハイルド様が愛妾であるセレナーデ様に誘われ、部屋へと入る。

部屋にはセレナーデ様とその侍女のみ。そこでハイルド様は誘惑され、すぐに断った。

部屋を出ようとしたところ、セレナーデ様は自ら剣を使い、服を破り、助けを呼ぶ。

待ち構えていたように扉から騎士たちが入り、ハイルド様を捕らえた。

そして、最後にそこへロンロンが飛び込み、空気の刃で騎士たちは切られたというのが事件の概要だ。

「ハイルド様、私は思っていたのです。……空気の刃とはなんだろう、と」

「ああ、俺も思った。ほかはただの人間の仕業だが、そこだけがありえないものとして存在している」

　三人掛けのソファに二人で座り、話し合う。

　どうやら私もハイルド様も、同じところで引っかかっているようだ。

「シェリルが眠ったあと、俺は禁書庫へ行っていた。……空気の刃というのが、ロンロンの起こしたものではないとわかれば、ロンロンへの疑いは晴れるだろう、と」

「私は……この国の歴史を知るために禁書庫へ行っていました。魔法については本を読んで知ったばかりです。ハイルド様は魔物との契約については知っていても、魔法については知らないと言っていました」

「俺は禁書庫へ入る権利は持っていたが、そこに入ったことはなかった。知っても意味がないと思っていたから」

「……はい」

「シェリルのおかげでそうではないと気づけた」

　二人で視線を交わし、お互いが得た知識を伝え合う。

　私もハイルド様もたくさんの時間があったわけではない。だから、足りない知識を補うように。

「まず、かつてこの国は魔物の脅威があった。それはいいか？」

「はい。魔物は今のように、地下迷宮にいたわけではなく、どこでも移動できていた。そして、昼夜問わず活動しており、人間を襲っていたのですね……」

「俺が聞いていたことはそうだ。俺の先祖が魔物の主と契約をすることで、魔物たちは地下迷宮で過ごすこととなったと。その契約は血によって受け継がれる。だから、辺境伯というのは、ただの一つの貴族ではない。途切れさせてはならない、と」

「……はい」

実際にハイルド様の口からそれを聞き、私はゆっくりと頷いた。

辺境伯とはこの国を守るために必要な人物なのだ。

「なぜ当時の国王と俺の祖先がその歴史を隠そうとしたのか……。俺にはわかる気がする。この国の平穏が一人の人間によってもたらされていると知り、人々は最初はそれを持て囃《はや》すだろう。だが、それはすぐに不安に代わる」

「……そう、ですね」

私もハイルド様の言葉がわかる。

これまで自分たちの暮らしを脅かしてきた魔物。それを制御できる人物が現れ、国を救った。平穏なときを過ごすために、その人物の動向が常に気になることだろう。それを苦に思わない人物であればいい。だが……。

「この国の民に見張られるように生活をするのは、俺ならごめんだ」

ハイルド様はふぅとため息を吐く。

そうだろうと思う。

ハイルド様であれば、人々の称賛の代わりに得る視線より、なにもいらないから、自由な暮らしを求める。きっと最初に魔物の主と契約した人物もそのような性格だったのだろう。

ハイルド様は「それでだ」と話を次へと進める。

ここまで私とハイルド様の間に認識の違いはない。

「魔物が地下迷宮へと留まる前、人々は魔物との戦いを行っていた。その際に重宝していたのが魔法だと記述されていたな。そもそも魔法は魔物と対抗するための人間の力だった」

「今は忘れられ、消えてしまった魔法。ですが、普通では起こらないことが起こせたと書いてありました」

「ああ。魔物の脅威がなくなると同時に魔法もいらぬものになったのだろう。魔物と魔法。二つは深く関係していて、両方、歴史から隠された」

「……そこに、魔法道具もあったのではないかと私は思います」

ハイルド様の話に私の考えも合わせる。

魔物と魔法。そして、魔法道具。消された三つのものを照らし合わせれば、『空気の刃』についての答えが出る気がしたのだ。

「『空気の刃』が魔法道具から作られたものだと考えられませんか？」

私の言葉にハイルド様は目を瞠る。そして、「なるほど」と頷いた。

「……そうかもしれないな」

「空気の刃が出た」と聞いたとき、普通ではありえないその現象はロンロンのせいではないかと思ったのだ。

魔物であれば可能だろう、と。

　だが、過去に埋もれてしまっただけで、人々はその「普通では起きない力」を使えていた時代があったのだ。

「今、魔法はない。だが――魔法道具がある」

「はい」

　そう。魔法は消えてしまったが、魔法道具は今も存在している。

　私はそれを辺境伯領で体験していた。

　マチルダが持ってきてくれた「光るティーセット」だ。

「魔法道具は魔法が込められた道具だ。『空気の刃が出る』というものがあってもおかしくない。そもそも、魔法は魔物と対抗する術として生まれた。攻撃的なものもあるだろう」

「私はロンロンのことを思い出してみたのです。光るティーセットのとき、ロンロンは妙に喜んでいるように見えました。……ロンロンは魔法道具がわかるのではないか、と」

　これはただの推察で確信できるものではない。私が「もしかしたら」と思った程度の曖昧なものだ。けれど、ハイルド様は私の考えをしっかりと受け止めてくれて……。

「――さすがだな、シェリル」

　ハイルド様がソファから立ち上がり、私の腰のあたりを持って、抱き上げた。

　表情は笑顔で、まっすぐに私を見つめている。

　これは……魔塵のマッチについて思いついたときと同じだ。これまでだれにも相手にされず、捨て置かれていた私の考え。それをいつだって掬い上げてくれる。

「シェリル、実は空気の刃が出た際、ロンロンはとてもはしゃいでいた。それこそあのティーセットで出た光を追いかけていたのと同じように」

「そうなのですね……」

私の考えを肯定するようにハイルド様が頷く。

だとすれば、空気の刃を出したのは……。

「ロンロンが空気の刃を出現させたわけではなく。王宮にある魔法道具が使われたのですね」

「ああ……そうだな。きっとそうだ。俺たちがラグリーと最初に対面し、ロンロンを見せたときの部屋で空気の刃は発生した。そして、あのとき、ロンロンが唯一反応したものがあった」

ハイルド様の言葉に過去を思い起こしてみる。

国王陛下にロンロンを見せたあの部屋。あそこでロンロンが欲しがったものは——

「——あの剣ですね」

「ああ」

空気の刃はロンロンが起こしたものではない。だとすれば、空気の刃を起こしたのは剣を持っていた人物。

「……あれは愛妾自らが放ったものだ」

見つけた答えにハイルド様と視線を合わせる。

揃っていく証拠から考えていけば、その答えはもはや明確だ。

「自作自演、ですね……」

「そうだな。……俺が愛妾に手を出したということで、あちらの主張は一貫している。空気の刃について、騎士たちは突然のことであまり覚えていないようだ。だが、そこにいたロンロンの爪で襲われたのではないか？　と考えているようだった。そして、それならば許可は難しくなる、とも」

「……ロンロンは人を襲いません」

「ああ。どのように収めるかはラグリー次第だが、ラグリーにはロンロンではないことを伝えよう。空気の刃を放ったのがロンロンではないこと、愛妾であることを証明できればいい」

「はい」

　そこまで言うと、ハイルド様は私を下ろし、そっと抱きしめた。

「……シェリル。俺は愛妾に話をされ、そこで気を取られて部屋から出るのが遅くなったと言ったな」

「……はい」

「愛妾はどうやら魔法について知っているようだった」

「……魔法について。秘匿されているのではないのですか？」

　思わずハイルド様を見上げれば、ハイルド様はそっと私の髪を撫でた。

「魔法についての歴史を隠したとしても、人々の中で口伝されているものまでは隠せない。……愛妾は稀色だ。だからこそ、どこかで聞くことがあったのだろう」

「……稀色、ですか？」

聞いたことのない言葉に目を瞬かせる。

ハイルド様は私の前髪を一房取ると、そっと口づけた。

「俺は魔法については知らなかったが、自分の髪色が両親とは違うことについての説明は受けていた。時折、両親とは違う髪色のこどもが生まれる。それを稀色と呼ぶのだ、と」

「……では、私もハイルド様も稀色ということですか？」

「ああ。それは昔――魔法が使えるかどうかの判別に有効だったらしい」

ハイルド様の言葉に、胸がちくりと痛んだ。

両親と妹と違う、私の銀色の髪。……これには意味があったのだ。

「今はもうその判別を覚えている者もいない。消えた歴史だ。……ただ、その風習は残っており、もとは魔法が使えるという意味だったものが、『一般的な人間とは違う』という意識だけが残り、髪色に対しての差別のようなものが生まれたのかもしれない」

「……そう、だったのですね」

痛む胸を隠そうと、必死で息を吐く。

理由を知ったとして……。でも、私の過去は戻ってこない。そして、きっとそれはどうしようもないことだったのだろうと……。

わかっていても、まだ胸は痛む。

ハイルド様はそんな私を気遣うようにそっと抱きしめた。

「愛妾は自分が稀色であることを知っていた。普通であれば伯爵家やシェリルのようにそれについては知らないはずだ。だが、それを言われ、ついその場に留まってしまった」

「……はい」

ハイルド様の温かな体温と優しい腕。抱きしめられれば、胸の痛みは消えなくても、ゆっくりと自分の中へと沁みていった。この痛みを持ったまま、前へ。

「それを知っているということ。つまり、魔法について知っている可能性があるということですね」

ハイルド様を見上げれば、ハイルド様はやわらかい目で「ああ」と頷いてくれた。

私に稀色について話すこともハイルド様は悩んだはずだ。

けれど、今の私ならば、ハイルド様も話していいと思ってくれた。……それは信頼だと、私は思うから。

「セレナーデ様が魔法のことを知っているならば、魔法道具についても知っているかもしれません。そして、剣の特性を知った上で、それを使用した。……最初から、ハイルド様の愛妾になるつもりはなく、罠にかけるつもりだったのでしょうか」

「そうだろうな。魔法道具の剣が自分の手にある。なにかあっても、俺に勝てるという算段があったはずだ」

普通であれば、ハイルド様のような男性には勝てない。

だが、侍女をそばに待機させ、騎士もすぐに部屋に入ることができるようにしておく。その上で魔法道具を手にし、自衛をしているセレナーデ様はハイルド様への恐怖はなかっただろう。

「ラグリーは愛妾に飽いていた。自分の今後のために、ちょうどよくいた俺を利用したのだろう」

痛かった胸が、次はぎゅうぎゅうと苦しくなる。

胸の中にあるものが外へと暴れ出しそうだ。

自分の将来への保身のためにだれかを陥れる。そういうことをする人間がいることは理解しているつもりだ。

ハイルド様を誹り、ロンロンに濡れ衣を着せ、私たち夫婦の関係を悪化させることもためらわない。

「ハイルド様、その剣を見ることや、手に取ることはできますか？」

「ああ。ラグリーに聞いてみよう」

きっとその剣が鍵になる。

セレナーデ様が行ったこと。それを国王陛下の前で証明しなければならないのだから。

＊＊＊

国王陛下は三日後、玉座の間に私たちを集合させた。

セレナーデ様は相変わらず妖艶なドレスを着て優雅に微笑んでいた。うしろに侍女が二人付き従っている。

この二人が愛妾をハイルド様が襲ったと証言している侍女だろう。

国王陛下は玉座に座り、私たちは玉座を中央にし、左右にそれぞれが分かれて立っていた。

国王陛下と私たちのほかには奥の机で筆記をしている人が一人。

今回のことが禁書に関わるかもしれないので、本当に最少人数で行われる。

マチルダとコニーもここにはいない。

国王陛下はあちらとこちらをそれぞれ見渡すと、朗々と今回のあらましの説明を続けた。

とくに目新しいことはない。

国王陛下が言い終わった途端、セレナーデ様は取り出したハンカチでそっと目許を拭い、発言をした。

「わたくしは侍女を連れ、散策していたところを、ナイン辺境伯にお会いしましたの。私は自室に下がるところでしたので、行き道が一緒だからとしばらくともに歩いたのです。……すると、突然、部屋に押し込まれて……っ」

「ほう！」

「とても恐ろしかったですわ。こんなに体格のいい男性ですもの。わたくしはなにも抵抗できないまま部屋へと連れ込まれてしまいました。侍女たちも怖かったでしょうに、慌ててついてきてくれたのです。そして、二人は酷い行為をやめるよう、ナイン辺境伯に訴えてくれました。……けれど、それにナイン辺境伯は激高し、無理やりわたくしのドレスを切り裂いたのです！」

「それはさぞ怖かったであろう。そのようなことがまさか王宮で行われるなど思うまいな」

「きっとナイン辺境伯はわたくしの体に目が眩み、ここが王宮であり、警備もされているということを忘れてしまわれたのですわ。わたくしが悲鳴を上げると、すぐに騎士が助けに来てくれました。ですが、その騎士をナイン辺境伯が飼っている動物が傷つけたのです。あのような恐ろしい動物を従えるナイン辺境伯は魔物だったのだ、そう思ったのです」

「うむうむ。襲われた上にそのような恐ろしい目にあうなど、災難であった」

国王陛下はセレナーデ様の涙ながらの訴えをわざとらしく受け答えている。

非常に楽しそうだ。

ハイルド様はそんな二人を厳しい目で見下ろしていた。

「して、セレナーデの望みを述べよ」

「わたくしの望みはナイン辺境伯の罪の償いとともに、賠償金に支払いを求めたいと思います。また、このような恐ろしい目にあうのであれば、わたくしに近衛騎士をつけていただきたく思います」

セレナーデ様は流れるような口上でそこまで言うと、ハンカチで涙を拭いた。

国王陛下はそこまで聞くと、次はハイルド様へ目を移した。

「ハイルド、弁明はあるか?」

「俺は襲っていない。あっちの自作自演だ。国王の愛妾の問題にこちらを巻き込むな。迷惑でしかない」

ハイルド様は端的にそう告げる。

しかし、国王陛下は「うーむ」と思案気な顔をした。

「しかしセレナーデ本人が襲われたと証言し、侍女たちもお前が襲ったと証言している。ハイルドがやっていないことの証明がないとハイルドの弁を聞くのは難しいぞ」

国王陛下のその言葉に、ハイルド様は眉根を寄せた。

そして、「証拠を」と国王陛下を見る。

「証拠だな。すでにハイルドからは届け出を受けた。それをこちらへ持ってこよう」

「……証拠？　そんなものがあるはずが……っ」

ゆったりとわざとらしく扉に向かって証拠を持ってこさせる国王陛下に、セレナーデ様の顔色が変わる。

まさかそんなものがあるとは思わなかったのだろう。

自分が訴え、ハイルド様が弁明をする。だが、それを証明するものはないために、セレナーデ様の言い分が一方的に通る。その予定だった。

「これは……私のドレスを切り裂いた剣ではないですか」

「ああ、そうだ」

証拠の品と言って持ってこられた剣を見て、セレナーデ様は顔を顰める。

仰々しい台座に載せられた剣は、綺麗な鞘に入り、その刀身は隠れていた。その横にはドレスが置かれている。

「これはあのとき、部屋に飾られていた短剣だ。俺が部屋から出ようとしているとわかると、これを引き抜き、自らドレスを切り裂いた」

「まあ、よくそのような嘘を。わたくしのような非力な女性がどのように短剣の一太刀でドレスを切り裂くというのです。わたくしはナイン辺境伯とは違い、剣など持ったことはありません。……陛下も切り裂かれたドレスをご覧になったでしょう？　一太刀であんなにきれいに切り裂くなんて、そのようなことができるのは武に秀でた者だけ。つまりわたくしには不可能です」

　セレナーデ様は一瞬戸惑ったようだったが、ハイルド様の弁を聞き、すぐに勝ち誇ったように微笑んだ。

　そう。セレナーデ様のドレスは一太刀で切り裂かれていた。そんなことは一般の者には不可能だ。武に秀でた者、それこそハイルド様のような人以外には。だが……。

「――この短剣は魔法道具だ。疾風を出すことができる。その力を使えば、どんなに非力な者でもドレスを一太刀で切り裂ける」

　ハイルド様は自信を持ってそう言い切った。

「な……なにを言っているの？　魔法道具なんて知らないわ！　ただの短剣じゃない！　おかしなことを言わないで！」

　セレナーデ様はそう言うと、一歩うしろに下がった。

　見るからに狼狽している。

　それは知らない単語を聞かされた人間の表情ではない。むしろ、知っているからこそその焦りに感じられて……。

「魔法道具か！　魔法道具がなにか説明してもらおう」

国王陛下が目を輝かせる。禁書庫で読んで知っているはずだが、あえてここで説明をさせたいのだろう。

「魔法道具とは、魔法の力を込めた道具だ。不思議な力がある。ときどきそのような不思議なものがあるという話が出るが、それがこのような道具のことだ」

「……魔法道具は滅多にあるものではありません。ですが、ここ王宮ではいくつかの品があるようです。これもその一つだったようです」

「ほほう、そのようなものが、たまたま部屋にあるとはなぁ！　すごい偶然であったなぁ！」

国王陛下が私たちの言葉ににんまりと笑う。

セレナーデ様は一瞬、息を呑んで……それを吹き飛ばすように、アハハッと笑った。

「みなさんでなにをおかしなことを言っているのですか？　そんなものがあるわけがない！」

「では、手に持ってください。すぐに効果がわかるはずです」

「……いやよ！　バカなことは言わないで！　ラグリー陛下、こんなのはただの妄想です。本当にそんな不思議なものがあるなんて、陛下は信じるはずないですわよね？」

セレナーデ様が妖艶な体をくねらせ、国王陛下を見る。

国王陛下はにんまりと笑って、答えた。

「そうだな。そんなものがあるなんて！　もっと証拠はないのか？」

わざとらしい言葉にハイルド様はため息を吐く。

そして、話を始めた。

「ラグリー、こいつは魔法道具がわかる」

「ほう！」

ハイルド様の視線の先にはロンロンがいる。ロンロンは床にいたはずだが、今は短剣に興味があるようで、うしろ脚二本で立ち上がり、必死に鼻先を台の上へと伸ばしていた。

「魔法が好きなようだ。そして、稀色の者に対して、興味を持つらしい」

国王陛下の青い目が光る。

「それは面白いな」

「あのとき、こいつは部屋へと駆け寄ってきた。あれは俺を追っていたわけではない。部屋で行使された魔法道具に惹きつけられて来たのだろう」

そう。ロンロンが部屋に来たのは、魔法道具の気配がわかったから。

つまり、『空気の刃』が出る前には、すでに魔法道具は使われていたのだ。

「お前の愛妾のもとへと向かったのは襲うためではない。稀色である愛妾が魔法道具を行使したからだ」

ハイルド様の言葉にセレナーデ様は一瞬、顔を歪ませた。

けれど、ぐっと踏み留まると、キッとロンロンを睨んだ。

「こんな動物になにがわかるっていうのでしょうか。さきほどから聞いていれば、妄想ばかり。そんな話がありえるわけがない」

「ああ。そうだな、ありえない」

セレナーデ様の言葉に国王陛下は笑う。

だが、青い目は笑っていなかった。

「セレナーデ。お前が見ているそれはな、――魔物だ」

「……そんなわけがありませんわ！」

「この国はな、常に、その妄想で救われている」

「は？　……なにを言って……っ、おかしいんじゃないの⁉」

「うむうむ。そうなのだ。私はおかしい人間なのだよ」

国王陛下は笑ったまま答えているが、目は笑っていない。

セレナーデ様もそれに気づいたのだろう、また一歩後退った。

「……セレナーデ様が行わないのであれば、私が行います。見ていてください」

私は剣と台座まで歩み寄ると、そっと剣を鞘から抜いた。

……きれいな剣だ。私が手に持った瞬間、刀身が銀色に輝いた。

短剣を片手で持ち、もう片方でドレスを持つ。

本来、私の力でこんなことができるはずがない。

だが、短剣はまるで柔らかい紗を切るかのように、ドレスを真っ二つに切り裂いた。

「これでわかっていただけましたか」

「ああ、たしかにこれは不思議だ！　非力にしか見えぬナイン辺境伯夫人でも、ドレスがこのように一閃で斬れるとは」

「……違う、違います、わたくしは……っ。そもそもその剣が魔法道具なるものだとして！　それならば、ナイン辺境伯自体がそれを使えるはず！」

　セレナーデ様はそう言って、ハイルド様を指差した。

「魔物のようなナイン辺境伯であれば、この剣を使いこなせるでしょう！　この剣を私が使い、私自身がドレスを切り裂いた証拠になりませんわ！」

「……俺はな、この剣を使えない」

　ハイルド様はそう言うと、私から短剣を受け取る。

　短剣は私が持っていたときはきれいな銀色に輝いていたのに、ハイルド様が持った瞬間、茶色く錆が浮かぶ刀身へと変化した。

「魔法道具の発動には条件がいる。この短剣は女性の護身用に作られたのだろう。俺では反応しない」

「……っ、そんなっ」

「騎士を傷つけたのもこの剣だ。シェリル」

「はい」

　ハイルド様から短剣を返され、握り直す。

　刀身は瞬く間に銀色へと変わり、輝きを取り戻した。

　そして――

「いきます」

――私は両手で剣を握り、ドレスを見た。

瞬間、ドレスに空気の刃が飛び、台座ごと切られる。これが騎士を傷つけた空気の刃の正体だ。

ロンロンがはしゃぎ回り、口をパクパクと動かす。そして、嬉しそうに私のもとへ駆け寄ると、私の足にコツンと額をつけた。

私が今、行ったことをセレナーデ様が行ったとすれば、すべての辻褄が合う。

それを見て、セレナーデ様がじりじりとうしろへ下がる。

国王陛下はそんなセレナーデ様を見て、笑みを深めた。

「私はな、セレナーデ。人間の証言というのはあまり気にしていない。うしろの侍女たちを見てみろ。二人とも蒼い顔をしている」

「「ひっ」」

まさか自分たちに話が飛んでくるとは思わなかったのだろう。侍女たちは国王陛下の怪しい雰囲気に足を震わせる。

「どうする？　今ならお前たちを見逃してもいい。それとも最後までセレナーデに操を立てるか？　私はどちらでも構わないぞ」

「「あ、あ」」

侍女たちは二人で顔を見合わせる。

そして、素早く国王陛下の前へと身を投げ出した。

「わ、私は、セレナーデ様に言われてしかたなく……っ」

「私も、私もです！　セレナーデ様がそう言え、と。でなければ、首にするとおっしゃられて……っ！」

「うむうむそうか。わかったわかった」

こんなときでも国王陛下は楽しそうだ。

――これで、セレナーデ様を守る者がなくなった。

セレナーデ様もそれを感じたのだろう。一度、恨みのこもった顔でハイルド様を睨んだ。

が、次の瞬間、魅惑的に笑って――

「……ええそうです。そうかもしれません。侍女たちは愛妾である私を羨み、今、事実をゆがめ、わたくしを売ったのです」

落ち着きを取り戻したように、ふふふっと声を出す。

「ナイン辺境伯に襲われ、思わず護身用に剣を握りました。その際、ドレスを破り、騎士たち傷つけてしまったかもしれません。けれど、それはナイン辺境伯に襲われたからです」

あくまで前提は変えない。どうあろうと、ハイルド様がセレナーデ様を襲ったのだ、と。

「わたくしは魔法道具だなんて知らなかったのです。それなのに罪に問うの？」

そして、じっとハイルド様を見つめた。

「わたくしと魔物のような冷酷な辺境伯。人々はどちらを信じると思いますか？」

その言葉にハイルド様はため息をついた。

「俺が国王の愛妾に手を出す意味がない。それを人々が信じるか信じないかは関係ない話だ」

「関係ない？　そうでしょうか？　あなたが魔物のように振る舞い、こうしている。それだけで人々は恐ろしいのです。汚らしい魔物め」

セレナーデ様はそう言うと、「では」と玉座の間を退室しようとした。

きっと国王陛下はこのまま退室させるようなことはしないだろう。だから、このまま黙っていればいい。けれど――

「……ハイルド様はそうやって、これまでも謂れのない誹りを受けてきたのですね」

胸が痛いのだ。

なぜ。なぜこんなにも優しく強い人がこのようなことを言われなければならないのか。

「ハイルド様があなたを襲うなどありえない。このままハイルド様の名誉が傷つけられたままなのは、私は看過できません」

セレナーデ様は足を止めると、ゆっくりと振り返った。

そして、私を哀れそうに見つめる。

「知っているわよ。あなただって好きで辺境伯領に輿入れしたわけではないのでしょう？　ラグリー陛下の勅命だったはず」

「……はい、そうです」

始まりはそう。そして、私は嘘をついていた。

今ここにいるのは、ハイルド様がたくさんのことを乗り越えてくれたから。……一緒にいたいと願ってくれたから。

「……でも、今の私はハイルド様とともにいたいと思っています」

「あら、かわいそうに。では、それが裏切られたということですわね。愛妾が欲しくなることも、どこかの女に手を出すことも、政略結婚ですものね。よくあることです。ただ合意なく強引に手を出すのは恐ろしいことですが」

　セレナーデ様はそう言うと、魅惑的に笑う。

「ねえ？　本当に信じられるの？　そんな魔物のような男を？　この先もあなたはともにいるだけで、こうやって誹りを受けるの。……惨めね」

　……「信じる」とはなんだろう。

　他者にすべてを託し、その人は裏切らないと自分に言い聞かすことだろうか。

　絶対に裏切るわけがない、と相手を盲信的に許すことだろうか。

　未来に楽しいことと幸せなことしかない、と断言することだろうか。

　……必ずともにいる、と。破ってはならない約束をすることだろうか。

　私が思う、信じるということは。

「ハイルド様であれば、私の心を傷つけてもいい。そういう私自身の覚悟です」

　この先、どんな未来が訪れたとしても、幸せだけが訪れるわけじゃなくても。

　できるならば……二人で乗り越えていきたい。

　もし、それが叶わず、私一人になってしまったとしても……

「うまくいかないかもしれない。けれど、その痛みも受け止める。……覚悟です」

どんな結果が待ち受けていたとしても。今の私が選ぶ道がある。その道を歩むための覚悟の言葉だと……。

「私はハイルド様を信じます。そして、私はハイルド様を誇らしいと思っています。決して、決して惨めではありません」

こんなに言葉を尽くしても……それでもセレナーデ様に届く気がしない。

彼女はもう、ハイルド様を虐げていいと思っているから。

悔しい。……ハイルド様はこんなにも素敵なのに。だれにも言えない魔物との契約。それを淡々と継続できる人なのに。

悔しさに視界が滲む。

すると、玉座から立ち上がった姿があった。

「うむうむ。わかるぞ！」

立ち上がったのは国王陛下だ。そのまままっすぐにセレナーデ様のもとへと歩いていく。

「ラグリー陛下、わかってくださいますか？」

セレナーデ様はどうやら、国王陛下が自分を許してくれたと思ったのだろう。

うれしそうに笑い、手を広げる。

国王陛下はハハッと笑った。

「ナイン辺境伯夫人は面白い。『信じる』とはそのような言葉であったか！」

　国王陛下がセレナーデ様の前に立つ。

「で、あるならば――」

　その言葉は酷く冷たく響いた。

「セレナーデ。私はお前を『信じていない』。私はお前に傷つけられたくも、痛みを受けたくもないからな」

「なっ⁉」

　そのままセレナーデ様の腕を取り、うしろ手に回す。

　そして、すぐに扉の先にいる騎士を呼び、そのまま引き渡した。

「ただの愛妾で我慢していれば、手放すときに離宮ぐらいは与えてやるつもりだったのに。お前は私を信じられなかった。だから自分で動いたのであろう？」

「陛下、どうして……わたくしは……っ」

「自らの考えで動くところは楽しかったが、ちょうど飽いていたし、これで終わりだな。ハイルドとナイン辺境伯夫人、そしてこの魔物。どれも私にとって有用なものだ。お前では代わりにならないのだよ」

　国王陛下はそう言うと、セレナーデ様を連れていくように指示する。

「陛下っ！　陛下、わたくしはただ……その男に騙されたのです！　わたくしのせいではないのです！」

　セレナーデ様は最後まで国王陛下に縋っていた。だが、国王陛下はもうそちらを見ることはない。

このあとはセレナーデ様のことは国王陛下が沙汰を下すのだろう。

これで……終わり。でも心がもやもやと苦しい。

ハイルド様の名誉を守りたくて、ここまで来たのだ。

それなのに……こんな、酷いことを言われるなんて……。

ハイルド様はきっとこんな日々を過ごしていたのかもしれない。ハイルド様が最初にこうして裁判にすることを望まなかったのは、こうなることがわかっていたのだろう。

どちらにしても、口汚く罵られる。

それならば、最初から相手をせずにいたほうがいい。それなのに私は——

「ハイルド様……」

自分の勝手でハイルド様を傷つけてしまったかもしれない。ハイルド様の名誉を守りたかっただけなのに、私にはそんな力もなくて……。

思わず、俯けば、そっと肩に手を乗せられた。

促されるように上を向けば、そこにはハイルド様の金色の眼があって……。

「シェリル、……シェリル」

「は、い……はいっ」

「泣くな」

「~~っ、泣いていません。……私は、ただ……弱くて……」

力がなくて……。

「いや、俺はそう思わない」

ハイルド様がそっと私を抱きしめる。

どうしよう、傷ついたのはハイルド様のはずなのに、私がこんな風に慰められてしまって……。

「シェリルは強い」

広い胸に抱きしめられれば、涙がもっと零れてくる。

「……ありがとう、シェリル」

そのまま抱き上げられて、足が地面から離れた。

「シェリル、俺を見てくれ」

「……っはい」

涙で濡れる視界。必死に目を開ければ、そこには――

「俺はどんな顔をしている？」

優しく落ち着いた声。私とは違い、悔しさや苦しさは感じない。

私の想像の中のハイルド様は酷いことを言われ、悲しい顔をしていた。けれど……ああ。目の前のハイルド様は……。

「……わら、っています」

「ああ」

「……っうれし、そうです」

「ああ」

　そう。ハイルド様は笑っているのだ。とてもうれしそうに。……とても、幸せそうに。

「俺は今、こんなに自分が幸せでいいのか、と」

「……幸せ、ですか？」

「ああ。俺はどうでもいい人間の誹りなど気にならない。……それに憤って、こんなにも愛らしいことを言ってくれる。その妻がいることが、この手に抱きしめられることが。……どれだけ幸せか」

　ハイルド様がそう言って、私の頬へと口づけを落とす。

　そして、反対側の頬へも。流れる涙をそっと拭き取るように口づけられ、私の涙はゆっくりと止まっていく。

「おいハイルド、奥方がお前を思ってこんなに涙を流してくれているのだ。もっといい言葉を言え」

「うるさい。さっさと事後処理をしろ。ロンロンの許可もいいだろう」

「ああ。まさか魔法道具がわかるとはな。これは面白い。しかも稀色のハイルドやナイン辺境伯であれば魔法道具の力が強くなるのだろう？　これはいろいろと試さないとな」

「やめろ、好奇心を持つな」

　国王陛下の言葉に、ハイルド様はしっしっと手を払う。

　そして、私をぎゅうともう一度強く抱きしめた。

「帰ろう、辺境伯領へ。ロンロンとともに」

「っ……はいっ……」

優しい人たちが待つ、あの地へ。

エピローグ ✦ いつもの場所

王宮で必要なことを終え、ようやく私たちは辺境への帰路に就いた。

いろいろなことがあったが、ハイルド様と私にとっては必要な旅だったと思う。

私はこれまでも辺境の地とみんなが大好きだった。

それが今、王宮に来る前とは違う意味で輝いていると感じるのだ。

「戻った」

「ただいま、帰りました」

馬車から降り、屋敷へと入れば、そこにはジャックとエドとゴランがいて、私たちを待ってくれていた。

「こちらはなんの滞りもなく過ごしていました」

「おかえりッス」

「無事でなによりだ」

それぞれの挨拶で私たちの帰りを歓迎してくれる。

私はそれだけでむねがいっぱいになってしまった。そう。ここが私の帰る場所なのだ。

「三人ともよくやってくれた。あとで報告を聞く」

ハイルド様が三人を労うと、次はマチルダとコニーへと視線を向けた。

「二人もよくやってくれた。疲れているだろう。三日は家で過ごしてくれ」

「はい」

「わかりましたー」

どうやら二人はこのまま休みに入るらしい。

王宮ではずっとともにいたから、二人とも大変だっただろう。私も二人にはたくさん助けてもらった。

「マチルダ、コニー、本当にありがとうございました。二人がいなければ乗り越えられないことばかりでした」

「そんな！　もったいないお言葉です。……でも、リル様を守れたならば、本望です」

「うん！　僕たちはそのために一緒に行ったんです！」

私の言葉にマチルダとコニーがにこにこと笑う。

……大好きだ。みんなが。こんなにも。

「……私はここに来て、みなさんのことをとても好きだと思いました。……たくさんたくさん守ってもらいました。本当にありがとうございます」

私の言葉にジャックもマチルダもコニーも、エドとゴランも目を丸くした。

そして、みんな一斉に破顔する。

「リル様にそう言っていただけて光栄です。いつでも私を頼ってください」

ジャックが茶色の目を細めて笑う。

すると、マチルダが「はい！」と手を挙げた。

「本当に……っ！　私は休みなんていりません！　明日もリル様も守りたい！」

「僕も休みはなくていいよー！　あ、でも休みならリル様と遊んでもいいのかな？　それならマチルダさんとリル様と一緒に遊びに行きたい！」

「……別にいいが、とにかく体を休めてくれ」

盛り上がるマチルダとコニーにハイルド様が息を吐く。

それを見て、エドがハハッと笑った。

「いやぁ、みんながリル様を大好きすぎるのも困るッスね。デートの暇がなくなっちゃう。あ、でも俺も大好きッスから、遊ぶならついていきます！」

「お前は休みじゃないだろ」

エドの軽口にゴランがバシッと背中を叩く。

エドは背中を押さえて、いてててっと大げさに痛がった。

「とにかく閣下もリル様も元気そうでよかった。二人も休んだほうがいいだろう」

「そうだな」

ゴランの言葉に、ハイルド様も頷く。

そうして、解散になるところで、私はハイルド様に話しかけた。

「ハイルド様、すこし話がしたいのです。……花の咲く丘に連れていってはくれませんか？」

「おおーいいなーデートだ」

私の言葉にエドが盛り上がる。そしてその瞬間、またゴランにバシッと背中を叩かれた。

「かまわない。一緒に行こう」

私の言葉にハイルド様が頷く。

「疲れが心配だ。今日は休み、明日の午後、体調が問題なければ行こう」

「はい」

ハイルド様と無事に約束ができてほっと息を吐く。

すると、ジャックが「でしたら」とハイルド様へ声をかけた。

「溜まっている仕事を終わらせましょう。どうしても閣下の承認が必要なものがあるのです。明日の楽しみのために、今日を乗り切りましょう。私が補佐しますので、絶対に明日の午後は自由時間を取っていただきます」

「……努力する」

ジャックの剣幕にハイルド様は神妙に頷いた。


そして、翌日。

無事に仕事を終え、体調も問題なかった私たちは約束通りに花の咲く丘へと足を伸ばしていた。

ハイルド様とともに馬に乗るのも慣れてきた。背中に感じるハイルド様の気配は優しくていつも安心する。

屋敷を出る際にロンロンもついてきたがったため、一緒に連れていくことにした。馬の隣を並走するようについてくるロンロンは足も速く、とても凛々しい。

かわいいだけの動物ではないのだ。太い四肢はこれからの成長を感じさせ、そんなところもロンロンの魅力だと思う。

花の咲く丘に着けば、そこは前回訪れたときと、また景色を変えていた。

最初に来たときの青い花は枯れ、すでに赤い花が咲いている。

ハイルド様が言っていた通り、赤い花は花弁が多く、中心から外に向けて黄色から赤へと変化しているので、遠目にはオレンジにも見える。満開の花は丘を覆っていて、とてもきれいだ。

「赤い花も素敵です」

「ああ。シェリルに見てもらいたかった」

ハイルド様がそう言って、目を和らげる。

「キャウキャウ！」

ロンロンがはしゃいで丘の上を駆けていく。赤い花の丘に白いロンロンの毛皮は目立つ。ロンロンは時折、ごろりと転がると背中を地面にこすりつけるように動いている。表情も生き生きとしていて、とても楽しそうだ。

「ロンロンに許可が出て、安心しました」

私はその様子を見て、ふふっと笑った。

ロンロンを国王陛下に見せ、許可をもらうという当初の予定は無事に達成できた。

そして――

「そうだな。……俺は、今回のことで、シェリルと話をできたことが一番大切なことだった」

「……はい」

――私とハイルド様はまた一つ、二人の関係を深いものにできた。

ナイン辺境伯に嫁ぐということ。ハイルド様の背負っていたもの。それを知るために、とても大切な旅だったと言える。

「ここに座ろう」

「はい」

ハイルド様がそう言うと、屋敷から持ってきていた敷布を広げた。

その上に二人で並んで座れば、丘の上を吹く心地よい風が頬を撫でる。

赤い花の花弁が風に舞い、とてもきれいだ。

「赤い花もいずれは枯れる。だが、次は腰丈まである背の高いものになる」

「はい」

「花の色は桃色だ。濃いものから薄いものまであって、鮮やかで美しい」

ハイルド様の言葉に、その丘を想像してみる。

ああ。きっとその丘もとてもきれいなのだろう。

「何度でも、花は咲くんですね」

「ああ」

私の心にはハイルド様がくれた青い花が咲いている。そして今……。

「私は王宮で過ごして、新しい自分に出会いました」

「……新しいシェリル？」

「はい。……私は、実は怒りっぽいのかもしれない、と」

恥ずかしくなり、あとになるほど声が小さくなっていく。

王宮でのことを振り返ってみれば、私は感情的になりすぎていたのかもしれない、と思ったのだ。

生家である伯爵家で、悲しみや痛みに苦しんだことはあったが、明確な「怒り」というのは感じていなかった。

……私だからしかたないのだと、諦めていたのだと思う。

父母や妹になにを言われても、それを呑み込み、我慢し、そんなことを言われない自分になれるよう努力をした。

「……ハイルド様に命を助けてもらい、私の痛みを溶かしてもらいました。その日常を父母や妹に壊されそうになったとき……。私はやはり怒りではなく、悲しみが心を支配していました」

叶わない愛は叶わない。ただそれを受け止めるだけで精いっぱいだった。

「でも……、王宮でハイルド様が理不尽に糾弾されているのを見たとき、私は初めて、『こんなのはおかしい』と強く思ったのです」

そんなこと、今までは思ったことはなかった。

父母や妹の私への扱い。それを当然だと思い込み、自分を締め付けていた私をハイルド様はゆっくりと解してくれた。

でも、父母や妹に怒りは湧かなかったのだ。

「私は……やはり私に対してのことであれば、しかたがないと思います。でも……、ハイルド様が酷い扱いを受けると思うと、……こんなにも感情的になってしまいます」

自分では知らなかった自分の側面。私は一人で考えるだけで、あまり感情を表に出さない性格だと思っていた。だが、ハイルド様のことに対しては、そうではないらしい。

一人。禁書庫で調べものをしたり、国王陛下の誘いに乗ったり。簡易裁判をしようと言い出し、最後には、そんな自分の行いがよりハイルド様を傷つけてしまったのではないかと、涙を流してしまった。

やはり思い返せば、恥ずかしいことばかりだ。

恥ずかしさから、ぎゅうと目を閉じれば、頭上からククッと笑い声が聞こえてきて……。

「……ハイルド様？」

今、ハイルド様が笑うようなことがあっただろうか？

不思議に思い、顔を見上げれば、そこには幸せそうに細まる金色の眼があった。

「すまない、シェリル。あまりにかわいいことを言うから」

ハイルド様は幸せそうに笑いながら、そっと私を抱きしめる。

そして、私の髪に唇を寄せた。

「シェリルは感情がすくないわけではない。……いや、俺はその逆で、シェリルはどちらかというと感情が豊かなのだろうと思っている」

「私が……、ですか？」

まさかそんなことを言われるなんて思わなくて、ぽかんと口を開ける。

ハイルド様はそんな私をまた柔らかい表情で見つめると、ちゅっと頭頂部に口づけをした。

「俺はきっと自分の感情に鈍い。そして、他人の感情にも。俺とシェリルでは同じことが起こったときに、受け取る感情の情報が違うのだろうと思う」

「感情の情報ですか？」

「ああ。同じ出来事でも人によって受け止め方は違う。俺は大雑把に受け止めているのだろうと思う。だが、シェリルはそれを詳細に細かく受け止めているのだろう。それを、どうやって外へと表現するかはまた各個人による」

ハイルド様の言葉を考えてみる。

同じ出来事でも受け止め方も表現の仕方も違えば、それはまったく違う出来事になるのだろう。

……だから、人は誤解をしたり、仲違いをしたりする。

「シェリルはたくさんの感情の情報を受け取って、それをゆっくりと一人で考えて整理し、表現する。だから、言葉数はすくなく、まとまった考えになるのだろう。俺はそんなシェリルをとても尊敬している」

「……尊敬」

「ああ。だれにでもできることじゃない。シェリルの魅力の一つだと思う」

ハイルド様に言われ、胸がふわふわとしてくすぐったくなる。

父母や妹にはよく「なにを考えているかわからない」と言われた。実際、ハイルド様に出会い、この地に来るまでは、暗く陰気な姉だったと思う。

だが、ハイルド様はそれをいい面だと考えてくれるのだ。それはとても幸せなことで——

「そんなシェリルが、俺のことになると、普段のシェリルではなくなってしまう。そういうことだな？」

ハイルド様に言われて、逡巡する。

たしかにそうだ。私はハイルド様のことになると、いつもの私のように振る舞えない。

「……はい。私は……こんなにも考えずに動いたり、涙が出たりするのか、と……。驚いています。そして……恥ずかしいです」

ハイルド様に私の言いたいことをまとめられると、それが酷く恥ずかしいものに思えた。

頬が赤くなりながら頷くと、またククッと笑い声が響く。

「やはりとてもかわいい」

そして、今度は頬に口づけをされた。

「俺もシェリルのことになると、いつもの俺ではないと感じる。……俺は、こんなにも感情を受け取り、こんなにも感情を揺らせるのかと。基本的には鈍い俺が、シェリルのことになると、いつも胸が弾むからな」

そう言って、ハイルド様はうれしそうに声を立てて笑った。

ああ、たしかに。こんな風に声を上げて笑うハイルド様の姿を見ることはほとんどない。そして、それが私と一緒にいるからだと思えば……。

「……うれしいです」

そう。これはとても幸せなことだ。

私と一緒にいることで、ハイルド様の普段とは違う表情が見られる。新しいハイルド様に出会える。

「そうだろう？　だから、俺も新しいシェリルを知ることはとてもうれしい。そして、そんなシェリルをとてもかわいいと思う」

もう片方の頬にも口づけをされ、くすぐったくて笑う。

「……ハイルド様、好きです」

気持ちのままに言えば、もうその言葉しかない。

この胸にあふれる気持ちは一言では伝えられない。けれど、その言葉しか似合わない。

丘の上に咲いた赤い花。その花がまた私の心にも咲く。

青い花の穏やかさとはまた違う。赤く情熱的なこの気持ちを。

人を愛することで得る、この幸せな花。

「ハイルド様……愛しています」

「シェリル、俺も愛している」

だれにも愛されず、消えていくだけの命なのだと思っていた。この手にはなにも掴めないのだと。でも……。

どちらからともなく唇を合わせる。

ハイルド様は角度を変えながら、何度か唇を触れ合わせた。

「……また、この丘で花を見たいです」

「ああ、そうだな」

口づけの合間でそう伝えれば、ハイルド様も頷いてくれる。

大好きなのだ、私は。この人とこの地、そこに暮らす人々が。

「……ここが私の守りたいものです」

そう。守られるだけじゃなく、私自身も守る者に。胸に咲いたこの赤い花が私を奮い立たせてくれる。

「ナイン辺境伯の妻として。私はハイルド様とともに、この地を、ここに暮らす人々を守ります」

「……ああ」

ハイルド様の金色の眼が、ぎゅうっと細くなった。

すこし濡れているように見えるけれど、それが流れ落ちないところにハイルド様の強さがある。

そして、それをとても愛しいと思うから。

「二人で一緒に」

「ああ……二人でともに」

目を閉じても残る、鮮やかな赤色と金色。

触れ合う唇にうっとりとしていると、そっと口に舌を差し入れられた。

ドキドキと胸が高鳴り、恥ずかしさから逃げ出したくなる。

けれど、それを迎え入れるようにすれば、そのまま情熱的に深く深く口づけられた。

「っ……ふぁっ、……ふっ、はい、るど……さま、……」

合間合間で勝手に息と声が漏れる。

その声はとろんとしていて、恥ずかしい。けれど、自分ではどうしようもできなくて……。

「……んっ、……あ、っ……」

気持ちいい。愛されていると感じて、このまま身を委ねてしまいたい。

でも……っ。

「ま、まって……はいるど、さま」

これ以上は無理だと胸を押す。けれど、ハイルド様は止まってくれなかった。

いつもならここでマチルダやコニーが助けに入ってくれるが、ここにはいない。

座っていられなくなった私は、そのまま敷布の上に仰向けで寝るような体勢になってしまっていた。

それでもハイルド様は止まらなくて、私を押し倒すようにそのまま私の上へと屈む。

私の腰を支える手は優しいから、逃げ出そうと思えば逃げ出せるのだろうが、もう体に力が入らない。

「……っ……ふ……」

頭がぼうっとしてきて、力が入らなくなる。

待ってほしいと言う余裕もなくなり、そのままハイルド様にすべてを委ねようとする。

が、そのとき――

「――っつ」

「キャーウ」

――聞こえたのはハイルド様の痛そうな声とロンロンのきっぱりとした拒否の声。

「キャーウ」

「……おい」

「キャーウ」

「……、ろんろん？」

唐突に口づけが終わり、なにが起こったかわからず目を開ける。

すると、そこにはロンロンのしっぽがあって……。

「キャウキャウキャウキャーウ」

「うるさい」

「キャーウ」

据わった目のハイルド様とそんなハイルド様にきっぱりと否定の鳴き声を上げるロンロン。

どうやらロンロンが口づけをした私たちを止めに来たらしい。

「なんで俺の耳を噛んだ？」

「キャウ！」

ロンロンはハイルド様の低い声に、胸を張って元気よく答えた。

番外編

おいしいもの

王宮から辺境の屋敷へと帰り、私たちはまたみんなで過ごしている。

相変わらず、ロンロンは私とハイルド様の真ん中で寝ることを好み、お互いにとくに予定がなければ、一緒に眠る日々だ。

とても穏やかで幸せな日々。

私はそんなある日の午前中、一人で本を読んでいた。

「……プリンも家で作ることができるのですね」

読んでいたのは料理について書かれた本。今回はとくにお菓子作りが主な内容だ。

私はその中ほどにあった「プリンの作り方」という項目をじっと見つめていた。

プリンは一度、食べたことがある。甘くてぷるんとした食感のとてもおいしいものだ。

「ハイルド様と買い物へ行きましたね」

過去の記憶を思い出して、そっと笑う。

街においしいプリンのお店ができたから買いに行こうとハイルド様が誘ってくれた。

買ったのは私たち二人と、騎士のみんなの分。

髪色を気にし、俯いてしまう私に対し、ハイルド様は優しく寄り添ってくれた。

これまで他人の目を気にして、人混みが苦手だったはずなのに、ハイルド様と二人で歩いた街はきらきらと輝き、心が弾んだ。

プリンのおいしさとその記憶が重なり、プリンについて書かれた項目はほかのものより私の心に響いたのだろう。

「また、みなさんにお願いして……」

――作ってみたい。

その気持ちが浮かんだのだ。

ただ、お菓子作りはあまり慣れない。これまでお菓子を作った経験はハイルド様にプレゼントを渡すために、一度だけくるみのクッキーを作っただけ。

店で買うようなおいしいプリンにはならないかもしれない。だが、この本とみんなの協力があれば、口にしても問題ないものはできるのではないだろうか。

くるみのクッキーを作ったときは、本に書かれた作り方をしっかりと読み、さらにいつも食事を作ってくれている屋敷に通う方に尋ね、なんとか作ることができた。

そして、それを騎士のみんなに味見をしてもらい、「おいしい」と太鼓判を押してもらってから、ハイルド様へと渡したのだ。

ハイルド様はそのクッキーをとてもおいしいと喜んでくれた。

「……ハイルド様の笑顔がまた見ることができるでしょうか」

……できればまた、ハイルド様に喜んでもらいたい。

基本的な段取りはくるみのクッキーを作ったときと同じでいいだろう。

まずはマチルダやコニーに相談して、どうやって動けば一番みんなに迷惑をかけることなく、作業を進めることができるかを聞かなくては。

そこまで考えてから、私はもう一度、本に目を落とす。

おいしいプリンが……できればうれしい。

そうして午後になり、時間ができたマチルダとコニーへとまずは相談することにした。

「リル様がプリンを作って、閣下に渡す。はい！　とてもいいと思います！　前回のクッキーもとても喜んでいましたし、閣下は割と甘いものも好きなようです」

私の相談を聞いたマチルダが笑顔で頷いてくれる。

大丈夫だろうと思っていたが、こうして私の相談を面倒な顔一つせず受け止めてくれるマチルダのおかげで、私の心もふわっと軽くなった。

「僕もとてもいい考えだと思います！　閣下はリル様のことが大好きですから」

一緒に相談を聞いてくれていたコニーもにこにこと笑う。

二人に賛成してもらい、私も一緒に笑顔になった。

「クッキーのときと同じように、まずは厨房を借りることを、屋敷に通っている方に伝えようと思います。そして、邪魔にならない時間で練習ができればと。マチルダとコニーにはまた味見をお願いしたいのです。最初はうまくいかないと思うのですが……」

うまくいくまでは少量を作り、自分で食べるつもりだが、やはり前のように、騎士のみんなに味見をしてもらうと安心できる。

なので、それをお願いすると、マチルダは「任せてください」と頷いた。

「リル様は本に忠実に作っているので、最初からおいしいですよ！　私だったら、ついつい余計なことをしてしまいそうで」

「マチルダさんはそうやって、手芸もお手本とは全然違うものを作っちゃうんだもんねー」

「ああ。そもそも性に合わないのに、手本通りなんてつまらなすぎる」

「そういう工夫はできる人がやるんじゃないかなって僕は思いまーす」

マチルダは顔を顰め、コニーはやれやれと肩を竦める。

コニーは「あ、それと」と私に視線を向けた。

「リル様。今回は閣下と一緒に作ってみるというのはどうですか？」

「……ハイルド様と？」

思ってもみなかった提案に目を瞬く。

すると、コニーは深く頷いた。

「前回のクッキーのとき、閣下を喜ばせるために、リル様と僕たちでクッキーを作る練習をしました」

「はい、みなさんにはとてもお世話になり、うまくいったと思ったのですが……」

よくなかっただろうか。

視線をすこし落とすと、コニーは慌てて「いえいえ」と首を横に振った。

「とてもうまくいきましたよー！」

「ああ、そうだよな。閣下はとても喜んでいたはずだ。だが、コニーがそう言うには理由があるんだな？」

「はい。あのですね、あのあと、閣下はすこし寂しそうだった気がして……」

コニーの言葉にマチルダと目線を合わせる。

そして、どちらからともなく「なるほど……」と声が出た。

「だからね、閣下はリル様にもらうプレゼントもうれしいと思うんだけど、一緒に作ったほうがもっとうれしいんじゃないかなって思ったんです」

「たしかに。閣下はリル様のプレゼントはとても喜んでいたけれど、私たちがそれでリル様を独占していたと知り、すこし不機嫌というか……拗ねていたというか……。今回は最初から閣下に言っておいたほうがいいかもしれませんね」

「そうですね。そのほうがハイルド様も安心するかもしれません」

「うんうん！　きっと閣下ならリル様と一緒だと喜ぶと思います！　なので、今回はプレゼントではなくて、一緒に作ってみるほうがいいかなって」

コニーの提案にマチルダと私も頷く。

ハイルド様が厨房で料理をするのが嫌であればそれでいい。ただこちらで勝手に進めるのではなく、ハイルド様に意向を確認してから動いてもなにも問題ないのだ。

忙しかったり、料理が嫌いだったりすれば、クッキーのときと同様に私と騎士のみんなでおいしいプリンを目指す。

ハイルド様が一緒に作ろうと言えば、一緒に作ってみるのがいいのだろう。

「……本当にいつもコニーには助けられています。ありがとうございます」

私は感謝を込めて、コニーを見つめた。

「コニーは周りのことをよく見ているのですね。そして、みんなが笑顔になれるよう、たくさんのことを考えて、物怖じせずに提案してくれる。とてもすごいことだと思います」

明るくて元気なコニー。それだけじゃなく、とても思慮深いところがあるのが尊敬できるところだ。

だから、思っていることを伝えると、コニーは頬を赤くして、口許もむにむにと動かした。

「う〜〜、あ〜〜。リル様に言われると嘘じゃないって言われるから照れちゃいます。うう〜」

「ははっ、コニーにしては珍しく情けない顔だな」

そんなコニーを見て、マチルダが笑う。

コニーは頬に両手を当て、表情を隠すようにした。

「リル様が言うと破壊力があるから仕方ないんですー！」

「うん、まあ、たしかにな」

コニーはそう言うと、表情を戻して私を見上げる。そして、にこにこと笑った。

「リル様、とてもうれしい言葉をありがとうございます。……僕はまだこどもだから、こうして、口出しすることをよく思わない人もいるんです。生意気だって言われます」

「そうなのですね……」

コニーの言葉に胸が痛む。

こんなに明るく元気で優しいコニーにそんなことを言う人がいるなんて……。

そんな私の心をコニーはすぐにわかったようで、「大丈夫です！」と声を上げた。

「閣下やマチルダさん、ほかのみんなもそんな僕のことをわかってくれています。だから、ここだと自分の意見も言えるし、こんなこどもの僕の言うことをみんな真剣に考えてくれます。僕はそれがとてもうれしいんです」

「コニーはよく勉強しているしな！」

マチルダはそう言うと、コニーの夕日色の髪をわしゃわしゃと撫でた。

途端に、髪が一房ピョンと跳ねた。

「あー！　せっかく直したのに！」

「しかたないな、くせ毛なんだろう」

「違いますよ！　マチルダさんが今、乱暴にしたからでしょう」

コニーが頬を膨らませて怒る。でも、それも本当に怒っているわけではない。

いつもの二人の気心のしれたやりとり。それがとても温かくて……。

「二人ともありがとうございます。ハイルド様に聞いてみます」

「はい」

「うんうん！　きっと喜ぶと思います！」

そうして、私は二人の笑顔に後押しされ、ハイルド様に一緒にプリンを作ることを提案することにした。

＊＊＊

「それで作りたいのは、このページにあるのか？」

「はい」

一緒に作ることを提案したところ、ハイルド様は「ああ」と了承してくれた。

今は、寝る前のベッドで一緒に本を読んでいた。

ハイルド様に言われ、プリンの項目のページを開き、指差す。

ベッドボードにクッションを置き、二人で腰かけ、肩を並べて読めば、一つの本を二人で読むことができた。

「作りたいのはプリンか」

「はい。街で買って食べたものがとてもおいしかったので……」

「ああ、うまかったな」

私の言葉にハイルド様が金色の眼を和らげる。その瞬間、胸がきゅんと鳴って、私の心には「好き」が溢れてくるのだ。

「材料は……卵、牛乳、生クリーム、砂糖か。これなら問題なく入手できる。工程は……混ぜてオーブンに入れるだけだな」

「読んでみて、これならばきちんと本に書いてあることを守れば、大失敗はしないのではないかと思ったのです」

「そうだな。料理についてはわからないが、まずはこれでやってみよう」

「はい！」

……ずっと一人で本を読んでいた。書かれている内容を一人で考え、一人で空想していた。

でも今、こうして一緒に読み、一緒にそれをやってみようと言ってくれる人がいる。

それがとてもうれしくて……。

「ハイルド様、ありがとうございます」

「俺もシェリルが一緒に作ろうと誘ってくれてうれしい」

私の言葉にハイルド様が笑う。

この笑顔を見れば、コニーが提案してくれたように、こっそりと作るのではなく、一緒に作ろうと言えたことがよかったのだと確信できた。

「オーブンの使い方はまだあまり得意ではないので、いつも使っている方に聞いてみようと思います」

「そうだな。俺も聞いておこう。……そういえば、昔はオーブンに火を入れるのも手間がかかったが、今は楽になったと喜んでいた」

ハイルド様がそう言って、そっと私の髪を撫でる。

優しくて温かい手が心地よくて、すり寄るように身を寄せた。

「今は魔塵のマッチがあるだろう？　やはりあれはとても便利なようだ」

ハイルド様の言葉にじわじわと胸に喜びが広がる。

妹の身代わりできた私が、なんとかこの辺境領の役に立てないかと考えて、みんなと一緒に作った魔塵のマッチ。それはたしかに人々の役に立っているようだ。

「まだ爆発的な広がりはないが、辺境領にはおおむね知れ渡った。冬が来る前に広がったことで、今年の冬はみな楽になるだろう。……シェリルのおかげだ」

ハイルド様はそう言うと、私の髪を一房とって、そっと口づけをした。

「ラグリーもな、王都に広めると言って、かなりの量を購入している。王都で広がれば、直《じき》にほかの領へも広がるだろう。そうなれば、従来のマッチで火災が起こることもない。そして、火起こしの時間も短縮でき、人々は喜ぶだろう」

「……はい」

広がった喜びが胸の中できらきらと輝く。

なにも手にできないと苦しんだ私が……だれかのためになれる。それはなんと幸せなことだろう。

「あと、魔法道具についてだが、やはりロンロンはそれを感知することができるようだ」

「そうですね。ロンロンは魔法道具がわかり、そして、魔法道具が使われた痕跡が好きなようです」

「ああ。なにか魔物の生態に関係があるのだろう。それについてはラグリーも興味を示していたし、これからそれについて調べたり、観察したりという時間が増えるだろう」

「はい。私も知りたいです」

「シェリル、目が輝いている」

私を見て、ハイルド様がククッと笑う。

そう。きっと私の目は新しい知りたいことを得て、キラキラと光っているのだろう。

この心のわくわくが溢れてしまうから……。

「また一緒にたくさんのことをしていきたいです」

「……そうだな」

本を置き、ハイルド様にぎゅうと抱き着く。

まだまだ私にはやりたいことがある。それがとても幸せなことだとわかるから。

「ハイルド様……、口づけしてもいいですか？」

すぐそばにある金色の眼。じっと見上げれば、その眼はすこしだけ驚いたように大きくなった。

「……すこし、待ってくれ」

ハイルド様はそう言うと、一度、体勢を整えて、なぜか何度か深呼吸を行った。

「……ハイルド様？」

「すまない。今、自制心を強く持つよう、自分に言い聞かせていた」

「自制心ですか？」

「……なんでもない。大丈夫だ」

ハイルド様はもう一度、深く息を吸うと、私を抱き寄せた。

私は身を任せ、そのまま目を閉じる。

そして、そのまま優しい唇の感触が残る。

きっとまた何度か口づけをし、……もしかしたらまた、口を開けてほしいと言われるかもしれない。

ふわふわとした頭と、ドキドキとなる胸。

私はその先を期待し、優しい口づけを受けていたのだけれど……。

「……はいるどさま？」

私の考えを裏切るように、ハイルド様はたった一度、口づけをしただけで離れて行ってしまう。

「……そんな可愛い顔で見ないでくれ」

そして、苦悩するように額に手を当てた。

「我慢だ……。ダメだ……」

「キャウキャウ！」

そして、それを応援するように、ベッドに転がっていたロンロンが鳴いた。

翌日、ハイルド様はジャックにお菓子作りについて相談してくれたようだ。

その日の午後、一緒にお菓子作りをすることになった。

私は前回も使ったエプロンを着け、ハイルド様には黒いエプロンを着けてもらう。

「この黒いエプロンはマチルダとコニーが用意してくれました」

「そうか」

ハイルド様がエプロンの腰ひもを結びながら答える。

ハイルド様の体格に似合ったサイズの大きいエプロン。ジャケットなどを脱ぎ、作業がしやすいように軽装になったハイルド様は見事にエプロンを着こなしていた。

「とても素敵です」

普段とは違う姿だが、やはりハイルド様はとてもかっこいいと思う。

なので、素直にそう口にすると、ハイルド様は金色の眼を細めて笑った。

「ありがとう。シェリルもかわいい」

「……ありがとうございます」

ハイルド様の言葉がうれしくて、ふふっと笑って照れてしまう。

「では、始めるか」

「はい！」

髪が落ちてこないようにまとめ、手もしっかり洗った。

プリンの作り方については、ハイルド様としっかり本を熟読したから、だいたいの手順はすでに覚えている。

「まずは計量ですね」

手を使わなくても本を読めるよう、机の上に本を置き、プリンの項目が書いてある部分をペーパーウェイトで留めている。

私は本に書いてある材料を見ながら、ハイルド様と一緒に量っていった。

「牛乳は……これぐらいですね」

「ああ。卵は四つだな」

「はい。あとは生クリームと砂糖です」

二人で並び、本に目を運びながら作っていく。私は慎重に。ハイルド様は大胆だったが、手つきはとても器用だ。

「……ハイルド様は、料理も上手なのですね」

「どうだろうか。あまりやったことはないからわからないが」

そう言いながら、ハイルド様は片手で卵を割る。

「すごいです……！」

私はそれを見て、思わず声を上げていた。

「……両手で割ったほうが割りにくい。卵は小さいからな」

「たしかにハイルド様の手は大きいです」

ほぅと感嘆の息を漏らして、ハイルド様の手を見る。

私だったら、卵が割れたときに殻が入ってしまうのが心配で、ついついゆっくりやってしまうだろう。それに比べてハイルド様は素早い。

卵を片手で持つ。コンッと調理台に打ち付けて卵にひびを入れる。あとは流れるようにボウルへと運び、器用に指を使って手を開けば、もうボウルの中に卵が入っているのだ。

「シェリルはとても丁寧だ。シェリルが材料の計量を細かくやってくれているから、とても助かる。俺とシェリル、それぞれが得意なことが違うからいいのだろう」

「……そうですね」

ハイルド様の言葉がじんわりと胸に沁みる。

ハイルド様にはハイルド様の得意なこと、私には私の得意なことがある。それでいいのだと。

私は妹と比べることが癖になっていて、しかも悪いほうにばかり考えてしまう。そうして、一人で考え込み、なにも手にできないと苦しむのが私だったのだ。

でも、今、それだけではない私がいる。

「……それぞれに良さがあって、それを補えればいいのですね」

「得手不得手はだれにでもある。昨日、シェリルと一緒に本を読んだだろう？　それを見て、料理もそうやって補い合っているのだなと思った」

「料理もですか？」

「ああ。卵と牛乳と砂糖を混ぜればプリンはできる。だが、それぞれの材料の役目は違う。卵は凝固させるために必要だ。だがそれだけでは固くなりすぎる。そこに牛乳を入れることでちょうどよい固さになるのだろう。そして砂糖で調味をし、生クリームでコクを出す。役目が違うものを混ぜて、一つのものを作っている」

「そうですね」

ハイルド様の言葉に深く頷く。材料を量って混ぜて焼く。プリンの工程はそれだけだが、そこにはたくさんのことが詰まっているのだ。

「本には計量が命だと書いてあった。お菓子作りとは繊細なものなのだなと思ったな。きっと俺だけではうまくいかないだろう。シェリルの丁寧さが必要だ」

ハイルド様はそう言って、私を見つめて微笑む。

その金色の眼が和らぐのを見ると、私の胸がうれしくて、あたたかくて、幸せで……。

たくさんの優しい言葉をくれるハイルド様に、私の心は喜びで弾むのだ。

「……私とハイルド様が一緒にいれば、きっとなんでもできていまいますね」

「ああ、そうだ」

私がハイルド様を見上げれば、ハイルド様がうれしそうに声を上げて笑った。

きっと、ずっとこれからも。

——二人で一緒にいれば、なんだってできる。

そう信じることができる今が、とてもうれしくて……。

「完成だ」

「はい！　とてもおいしそうなプリンです」

すべての工程を終え、オーブンからプリンを取り出せば、プリンは固まり、ほんのりと湯気を出していた。

水を張った天板からプリンを入れた耐熱容器を一つずつ、調理台へと並べる。

底に入った茶色く輝くカラメルもとてもきれいだ。

「一つだけ、熱いまま食べてみるか？」

「……はい」

本当は冷やしてから食べるのだが、ハイルド様が悪戯っぽく笑って提案する。

私も目の前のできたてのプリンと、ハイルド様の笑顔の誘惑に勝てずに頷くと、ハイルド様はスプーンを取り出し、プリンを掬った。

そして、ふぅふぅと息を掛け冷ます。

「熱いから、すこし柔らかいな」

掬ったプリンからはまだ湯気が出ており、ふるふると揺れている。すこし崩れた淡黄色の断面は光を反射し、つやっと光っていた。

ハイルド様は熱くないようにだろう、何度か息を吹きかけ、熱を冷ますと、それを私の口許に差し出し――

「シェリル」

「えっ⁉」

「味見だ。ほら」

――そのまま私の口に入れようとしている。

そう。ハイルド様は自分でスプーンを持ったまま、私の口許へ差し出しているのだ。

つまり、私は今、ハイルド様にプリンを食べさせてもらう形になってしまっていて……。恥ずかしくて目が泳ぐ。

　なので、体を引こうとすると、そっと手を腰に添えられた。

「あ、でも……あの、自分で……」

「シェリル、口を開けて」

　ハイルド様の落ち着いた……けれど、甘い声。

　腰を支える手とその声に私は逆らえなくて、ぎゅっと目を閉じたあと、口を開いた。

　すると、そこにプリンが入れらえて……。

「どうだ?」

「……甘い、です」

　まだ温かいプリンは柔らかくて、舌の上に載せると、そのまま溶けていった。

　残ったのはまろやかな甘みと、ほんのりとミルクの香り。

　そして——

「シェリルはかわいいな」

——とても幸せそうなハイルド様の笑顔だった。

本書に対するご意見、ご感想をお寄せください。

あて先

〒162-8540 東京都新宿区東五軒町3-28
双葉社　Mノベルスｆ編集部
「しっぽタヌキ先生」係／「まろ先生」係
もしくは monster@futabasha.co.jp まで

MF ノベルス

「お前《まえ》が代《か》わりに死《し》ね」と言《い》われた私《わたし》。妹《いもうと》の身《み》代《が》わりに冷《れい》酷《こく》な辺《へん》境《きよう》伯《はく》のもとへ嫁《とつ》ぎ、幸《しあわ》せを手《て》に入《い》れる②

2023年９月11日　第１刷発行

著　者　しっぽタヌキ

発行者　島野浩二

発行所　株式会社双葉社
〒162-8540　東京都新宿区東五軒町３番28号
［電話］03-5261-4818（営業）　03-5261-4851（編集）
http://www.futabasha.co.jp/（双葉社の書籍・コミック・ムックが買えます）

印刷・製本所　三晃印刷株式会社

［電話］03-5261-4822（製作部）
ISBN 978-4-575-24669-8 C0093